미각의 번역

미각의 번역 The World on a Plate

요리가 주는 영감에 관하여

도리스 되리 지음
함미라 옮김

샘터

차례

◦ 일러두기

본문의 각주는 모두 옮긴이 주입니다.

나의 어머니에게 바칩니다.

녹차와 오니기리

일본에 도착해 구겨진 옷차림으로 잠이 덜 깬 채 비틀거리며 공항을 나설 때면, 몇 시간이나 비행한 뒤에도 막 다림질한 것 같은 반듯한 차림의 여자들을 보며 경탄하곤 한다. 그리고 두 가지 멋진 일을 생각하며 즐거워한다. 대로변 모퉁이마다 서 있는 자판기—끔찍한 에너지 낭비원이지만 동시에 기가 막히게 놀라운 물건—에서 뜨거운 녹차를 한 병 빼 들고, 편의점에서 오니기리를 사는 것이다.

편의점은 스트레스에 시달리는 도시인의 생존에 필수적이다. 편의점에는 사람들이 급하게 필요로 하는 것들이 모두 갖춰져 있다. 볼펜, 햇볕 차단용

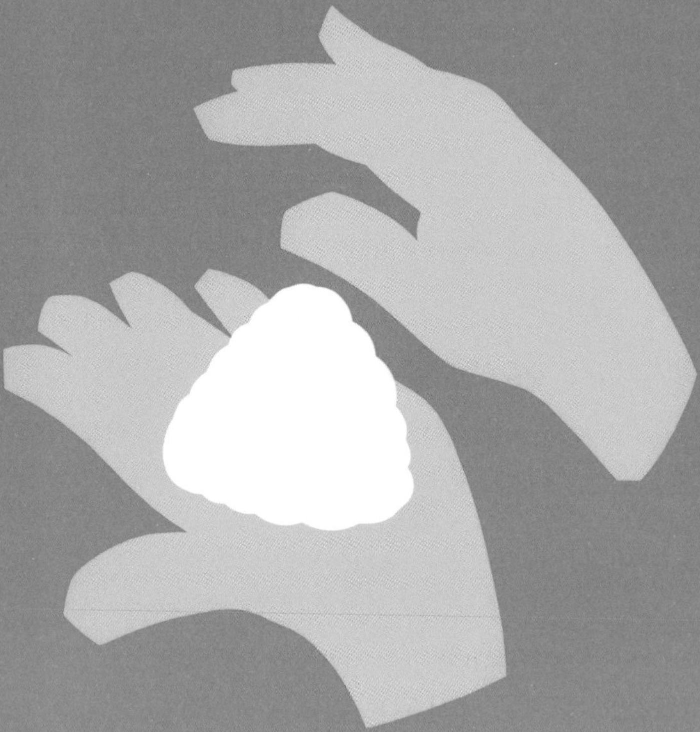

장갑, 샴푸, 말차초콜릿, 컵 누들, 각양각색의 취향을 만족시켜줄 서적들—심지어 성인 잡지가 버젓이 놓여 있다!—그리고 빼놓을 수 없는, 일본식 패스트푸드 오니기리가 있다. 대부분 삼각형 모양이고, 연어나, 미역, 참치 혹은 매실장아찌 등으로 속을 채워, 바삭거리는 김으로 감쌌다. 김은 쌀밥과 닿으면 유감스럽게도 몇 초 안에 눅눅해지고 만다. 이 문제를 해결하기 위해 일본인은 천재적인 포장법을 고안해냈다. 바로 셀로판 포장지 위에 있는 화살표를 따라가며 꼼꼼히 포장지를 뜯는 것이다. 그대로 하지 않으면, 안타깝게도, 포장지가 잘 벗겨지지 않는다!

우선 포장지 가운데에 가느다랗게 그어진 세로 선을 아래로 당긴 다음 포장지를 양쪽으로 잡아당긴다. 이때 부드럽지만 힘을 주어 잡아당겨야 한다. 그래야 주먹밥을 두르고 있던 바삭거리는 김이 포장지에서 벗겨져 나온다. 경이로울 따름이다. 나는 아무리 반복해도 이 과정이 질리지 않는다. 일단 이 매커니즘을 이해하고 나면 그만큼 큰일을 해냈다는 기분을 느낄 수 있다.

오니기리는 매일 여러 차례에 걸쳐 신선하게 공급되는데, 그중 내가 가장 좋아하는 것은 매실장아찌를 넣은 '우메'다. 하지만 나는 아주, 아주 오랫동안 매실을 뜻하는 글자를 제대로 분간할 줄 몰랐다. 편의점에 가면 항상 아무나 옷소매를 붙잡고 오니기리 매대로 끌고 가, 억양을 바꿔가며 이렇게 물을 수밖에 없었다. "우메? 우메? 우메?" 당황해서 어쩔 줄 모르는 사람들이 있는가 하면, 특히 남자들의 경우 의심스러운 눈초리를 보내거나, 두려워서 히스테릭한 반응을 보이기도 했다. 하지만 결국엔 모두가, 정말로 모든 이가 나를 도와주었다. 그들은 손을 뻗어 한 번에 진열대에서 우메-오니기리를 꺼내어 내게 내밀었다. 그러곤 잠깐 몸을 숙여 인사를 건넨 다음 멀찍이 달아났다.

나는 한 번, 또 한 번 포장지를 잡아당겨 주먹밥을 한입 베어 우물거리며 뜨거운 녹차 한 병을 들고 도로변에 있는 야트막한 담장을 찾아 쪼그리고 앉는다. 그제야 나는 비로소 일본에 도착했다고 할 수 있다. 녹차와 쌀밥, 그리고 매실장아찌. 이보다 더 일본적인 것이 또 있을까?

여러 해가 지나서야 거리에서 무엇을 먹거나 마시는 사람이 나밖에 없다는 사실이 눈에 들어왔다. 일본에선 지금까지도 (예전에 우리도 그랬듯이) 먹고 마시기 위해선 꼭 어딘가에 자리를 잡고 앉는다. 그리고 주먹밥 하나를 먹을 때조차도 먹는 것에 온전히 집중한다. 심지어 주먹밥에 대고 "이타다키마스(잘 먹겠습니다)"라며 짧게 절하기도 한다. 쌀에, 매실에, 김에 잠시나마 우리의 일상을 살맛 나게 해준 것에 대한 감사를 표하는 것이 아닐까. 그리고 멋진 포장에 대해서도. 아니, 진지하게 듣지 마시라. 이건 나만의 감사 인사이니까.

끄트머리 빵,
크누스트와 셰르츨

Knust

어린 시절부터 나는 지독한 빵순이었다. 최고의 빵은 갓 나온 따끈한 빵. 나는 특히 딱딱한 빵 껍질, 크루스테Kruste를 좋아했지만, 가장 좋아한 것은 뭐니 뭐니 해도 크누스트Knust•였다. 내가 나고 자란 북부 독일에선 크누스트라고 부르는데, 지금 살고 있는 남부 독일에선 셰르츨Scherzl이라고 부른다. 그러니까 둘 다 끄트머리 빵 조각을 이르는 말이다. 어떤 빵이든 끄트머리 빵 조각은 두 개다. 잽싸게 크누스트를 손에 넣고, 그 위에 버터를 바르고 소금을 흩뿌리

• 주로 긴 타원형이나 직사각형 모양의 식빵을 썰고 나면 양쪽에 남는 딱딱한 끄트머리 빵

는 것, 나에게 이것은 언제나 순도 백퍼센트의 행복을 뜻했다. 문제는 나머지 세 자매들이었다. 우리 모두 크누스트를 좋아했다. 어머니나 아버지가 크누스트를 드시고 싶은지 어떤지는 생각할 겨를이 없었다. 크누스트는 골고루 돌아가야 했기 때문에 모두에게 동의를 구하지 않고 그냥 크누스트를 자르는 건 금지사항이었다. 그러니 허락도 없이 양쪽 끄트머리를 자르는 것은 더더욱 안 될 일이었다. 하지만 어떻게 이 천상의 맛을 내는 크누스트를 나눠먹을 수 있단 말인가?

크누스트를 자르지 못하게 하니, 나는 크누스트를 조금씩 갉아 먹는 것에 몰두했다. 토끼가 당근을 갉아 먹듯 빠르고도 효과적으로. 순식간에 크누스트는 흔적도 없이 사라졌다. 나의 이런 행동은 자매들의 거칠고 격한 분노를 샀고 끝없는 경고와 욕설로 이어졌다. 하지만 소용없었다. 나는 크누스트에 중독되어 밤이면 부엌에 몰래 들어가, 어둠 속에서 갓 구운 신선한 빵 덩이를 뜯어 먹곤 했으니까. 고소한 빵 냄새, 바삭한 빵 껍질, 크누스트를 손에 넣었다는 깊은 만족감은 뿌리치기 힘든 것이었다.

갓 구운 보리식빵의 끄트머리는 크누스트 중에서도 최고였다. 보리식빵의 나머지 부분은 뭐랄까 색다를 것이 없었다. 보리식빵은 윗면이 평평한 네모난 빵 덩어리였지만, 아주 특별한 날에만 맛볼 수 있었다. 이 빵은 겉면 전체가 딱딱한 껍질로 이루어져 있어, 진정한 '갉아 먹기'의 황홀경으로 나를 이끌었다. 그러다 보니 가끔 가족들에게 반죽 같은 속 빵만 한 무더기 남겨놓을 때도 있었다.

나는 해가 뜨나 지나 토핑 재료는 일절 생략한 채 갓 구워 바삭거리는 브뢰첸Brötchen•을 갖고 학교에 다녔다. 어떤 경우에도 브뢰첸을 도시락에 싸는 건 있을 수 없는 일이었다. 안 그러면 순식간에 노릇노릇 바삭한 껍질과는 안녕을 고해야 한다. 그래서 내 브뢰첸은 책가방 속에서 이리저리 굴러다녔고, 이

◦ 바케트처럼 겉이 바삭거리는 동그스름한 작은 빵

따금 볼펜이나 잉크 자국까지 덤으로 얻었다. 하지만 바삭거리기만 하면 그런 것쯤은 아무래도 상관없었다. 브뢰첸을 베어 물 때 들리는 바스락 소리는 학교에서 만날 수 있는 가장 아름다운 소리였다. 방과 후 나는 마구간 이곳저곳을 퍽이나 훑고 다녔다. 거의 숭배하듯 말을 좋아했기 때문이다. 말처럼 나도 마른 빵을 좋아했다. 마구간에는 오래된 빵을 담아놓은 자루가 여러 개 있었는데, 나는 자루에서 빵을 꺼내 가장자리를 물어뜯었다. 개가 뼈다귀를 물어뜯듯.

학업 때문에 미국에 가면서 나는 빵의 낙원을 떠났다. 미국에서 지내는 동안 껍질이 단단하고 양 끝이 바삭거리는 빵, 한마디로 크루스테와 크누스트를 고루 갖춘 빵이 없다는 게 도무지 이해가 되지 않았다. 대신 쿠션처럼 부드럽고 하얀 빵이 있었다. 괴로웠다. 딱딱한 껍질을 만들어보려고 잉글리시 머핀을 거의 숯이 될 때까지 토스터에 구워보았다. 베이글도 아주 미미한 위로밖에 되지 않았다.

훗날 나는 그때를 보상이라도 하듯 진정한

빵의 낙원인 뮌헨에 왔다. 브레첼Brezn°, 슈바벤라입 Schwabenlaib 또는 프랑켄라입Frankenraib°°, 해바라기 빵, 핀쉬게를Vinschgerl°°°의 천국인 뮌헨으로. 이 빵들은 전부 타박타박하다. 뮌헨에선 바삭바삭하다는 말을 '타박타박하다'라고 했다. 나는 1년 내내 거의 빵만 먹었고, 지금까지도 가장 포기하기 힘든 게 빵이다.

일본에서 나는 가끔, 적어도 시골에 있을 땐 어쩔 수 없이 그 어려운 걸 하게 될 때가 있다. 바로 빵 금식. 한 3주간은 잘 버틴다. 그러나 그 후엔 노릇노릇하니 바삭거리는 빵을 향한 그리움이 나를 덮치고 만다. 빵 좀 주세요! 빵 좀! 빵을 주신다면 왕국이라도 드리겠어요! 이젠 일본에서도 어느 도시든 환상적인 빵집을 찾아볼 수 있다. 미국에선 빵에 열광하는 젊은 제빵사들도 늘어나고 있다. 글루텐의 위험성

° 매듭 모양으로 만든 짭짤한 독일식 빵

°° 둥글 넙적하고 껍질이 거북등처럼 갈라지며 딱딱한 모양이 특징. 자연 숙성된 효모빵으로 호밀 함량이 높다. 캐러웨이, 회향, 아니스, 고수 열매 등을 섞어 만들기도 한다.

°°° 겉면을 바삭하게 구운 동글납작한 브뢰첸

에 대한 경고가 확산되고 있는데도 말이다.

갓 구워 바삭거리는 빵만큼 위로를 주는 것은 없다. 끝날 것 같지 않은 행사에 참여하는 동안 아무것도 먹지 못해 이대로 죽을 것 같다는 두려움이 밀려올 때면, 나는 마른 빵 한 덩이를 핸드백에 찔러 넣는다. 크누스트라면 더할 나위 없이 좋겠지만.

베트남 쌀국수와

꽃다발을 넣은 기차역

Pho

거의 20년 전부터 할 수 있는 한 점심은 슈바빙Schwa-bing구區에 있는 한 베트남 음식점에서 쌀국수를 먹고 있다. 개업 당시 이 음식점은 '비엣 펀Viet Fun'이라고 불렸다. 기발한 상호였다. 그런데 어느 순간 상호가 바뀌었다. 왜 그랬는지는 모르겠다. 아무튼 개업 당시, 사람들은 국수 그릇 크기에 깜짝 놀랐다. 독일의 '수프단지'만큼이나 컸다. 그뿐만 아니라 국물을 그릇째 마셨다. 나는 국물을 마시는 문화에 익숙하다고 자랑스럽게 말했다. 바로 직전에 베트남에서 지내며 쌀국수에 흠뻑 빠져버렸기 때문이다.

처음으로 쌀국수를 경험한 것은 하노이에 있

는 작은 호텔에 머물 때였다. 기온이 35도나 되는 이른 아침에 쌀국수가 식사로 나왔다. 이글거리는 더위에 옥상테라스에서 먹는 뜨거운 국물이라니, 나는 정말이지 말도 안 된다고 생각했다. 물론 열대 전문가들은 엄청난 더위엔 뜨거운 음식이 최선이라는 걸 잘 알고 있다. 국물은 팔각회향, 생강, 육두구 등의 향신료 향이 올라오면서 맛이 기가 막혔다. 진한 육수 속엔 넓적한 면발과 닭고기가 헤엄쳐 다녔고 접시 하나 가득 채소가 딸려 나왔는데, 내가 아는 채소라고는 고수와 타이바질뿐이었다. 그뿐만 아니라 약간의 레몬과 고추, 작은 접시에 담긴 후추와 소금도 있었다. 면은 젓가락으로 먹었고 국물은 마셨다. 국물을 마셔도 된다니 놀랍기만 했다. 식사를 하고 나니 엄청나게 땀이 쏟아졌지만, 주변으로 서늘한 미풍이 부는 게 느껴졌다. 아마도 뜨거운 국물을 들이켠 탓에 체감온도가 45도까지 올라간 것과 무관하지 않을 것이다. 국수를 다 먹고 나자 설탕처럼 달달한 망고가 차갑게 나왔다.

그때부터 아침, 점심, 저녁으로 쌀국수만 먹었다. 서로 다른 맛이 어우러진 이 고급스럽고 신선한 맛의 조합은 먹어도 먹어도 질리지 않았다. 쌀국수로는 소고기육수에 면을 담아내는 '포보', 닭고기육수에 면을 담아내는 '포가', 그리고 두부가 들어간 '포다우'가 있었다. 하노이에선 면발이 넓적하고, 호찌민에선 면발이 가느다랗다. 나는 이런 면발의 차이로 한 나라를 세분화할 수 있다는 것도 알게 되었다. 그런데 포가를 주문할 때면 매번 사람들이 나를 보고 폭소를 터트렸다. 친절하게도 누군가가 나에게 그 이유를 말해주었다. 내 발음이 "닭고기 쌀국수 하나요"가 아니라 이렇게 말하는 것 같단다. "꽃다발을 넣은 기차역 하나요."

뮌헨으로 돌아온 나는 베트남에서 맛보았던 쌀국수를 찾아 사방으로 돌아다녔다. 하지만 내가 발견한 것이라곤 찻잔만 한 그릇에 담긴 우스꽝스러운 국수들뿐이었다. 오리지널 쌀국수에 관해 물었을 때 나는 슬프게도 독일 사람들은 그렇게 큰 그릇에 국수를 담아내는 걸 이해하지 못한다는 이야기를 들어야 했다.

그 후 '비엣 펀'이 다시 문을 열었다. 독일에 관해 아는 게 적었던 새 주인은 베트남식 국수 사발에 오리지널 '포'와 유사한 쌀국수를 내놓았다. 처음엔 레몬도 없이 파슬리만 국물에 얹어져 나왔다. 그러나 내가 맹렬하게 오리지널 버전을 요구했기 때문에, 머무적머무적 향신채가 한 가지씩 더해졌고 어느덧 레몬을 포함해서 베트남에서 먹던 거의 모든 채소가 접시에 오르게 되었다.

그런데 오랫동안 어딜 갔다 돌아와 보면, 파슬리가 다시 국물에 들어가 있고 고추는 아예 보이지도 않으며 갖은 채소와 레몬도 사라진 걸 확인할 때가 많다. 그러면 나는 주인이 그 사실을 인지하고, 다시 오리지널 쌀국수로 돌아올 때까지 끈질기게 불만을 표한다. 이건 뭐랄까. 더빙 버전에 비해 오리지널 버전의 영화가 항상 더 나은 것과 같다고 할까. 어떤 일이든 오리지널 버전을 맛보는 건 그만큼 가치 있는 일이다.

200그램의 행복

최근 내 기분을 곧장 '업'시켜준 기사 한 편을 읽었다. 파스타는 살을 찌게 하지 않는다는 것이었다! 수년간의 편견을 단숨에 폐기시키는 한 방이었다. 하! 이거 정말 기가 막히지 않은가? 나는 당장 부엌으로 달려가 물을 얹고, 파스타 한 봉지를 뜯어 고스란히 물속에 털어 넣었다. 드디어 스파게티를 두고 먹을지 말지 고민할 필요가 없어진 것이다. 자, 그렇다면 이제 얼마나 넣는담? 100그램은, 솔직히 1인분으로는 너무 박하다. 125그램 정도만 돼도 괜찮다. 아니 더 솔직히 말하자면, 200그램이면 좋겠다. 200그램까지는 엄두도 내지 못한 지 한 100년은 된 것 같다. 하지만 이런 기사를 읽은 뒤라면? 말해 뭣하랴! 파스타를 먹은 뒤 세로토닌 레벨이 상승한다는 사실이 과학적으로 입증되었는데! 하지만 우리 파스타 애호가들은 늘 알고 있었다. 스파게티가 얼마나 위로를 주는지. 하지만 다이어트 숭배자들이 우리를 좌절시켰다. 저탄수화물이 새로운 해결책이라는 것이었다. 건강을 중요하게 생각하는 사람이라면 빵과 파스타를 포기해야만 했다. 게다가 탄수화물이 없는 생활에 금방 익숙해지는 것은 물론이고, 더는 탄수화물을 그리워하며 찾는 일 따위는 없을 거라고 주장했다. 거짓말! 거짓말! 파스타를 먹지 않고 지내자니 나는 기분이 지독하게 나빠졌고, 저탄수화물식이야말로 지구의 생존을 위협하는 주범이 아닌지 자문했다. 탄수화물 대신 지금은 단백질을 대량으로 소비하고 있고, 그마저도 대부분 동물성 단백질을 소비하고 있으니까.

나는 특히 팔레오 다이어트Paleo Diet•를 주장하는 사람들이 못 미덥다. 정치적인 이유에서뿐 아니라, 다음과 같은 이유에서 그렇다.

'석기시대 다이어트'가 우리 조상을 특별히 장수의 길로 이끌었나? 그건 아니기 때문이다. 글루텐 민감성체질인 사람들은 채소 스파게티 면의 효력을 확신하고, 세상 진지하게 호박파스타도 일반 파스타와 똑같이 맛있다고 주장했다. 아니요, 아니요, 아니요! 그건 결코 사실이 아니다. 그 무엇도 진짜 파스타와 견줄 수 없다. 진짜 파스타는 완벽하게 알 덴테 Al dente[∘∘]해야 하고, 당연히 거칠게 찧은 참밀 면이어야 한다. 내 입맛에는 참밀 면에 좋은 토마토소스와 약간의 식용유, 바질 몇 장이면, '에콜라Eccola!'이다.[∘∘∘]

이제껏 내가 먹은 스파게티의 양을 가늠하면 적어도 1톤은 넘을 거다. 아주 어릴 때부터 나는 광

∘ 일명 구석기 시대식 다이어트. 탄수화물류, 곡류 및 콩류, 유제품, 커피 등을 제한하고 원시인처럼 고기 위주의 식단을 유지함으로써 다이어트 효과를 얻고자 하는 방법

∘∘ 적당히 씹히는 맛이라는 이탈리아어

∘∘∘ '여기 있습니다!'라는 뜻의 이탈리아어. 여기선 '스파게티 대령이오!' 정도쯤으로 이해할 수 있다.

적으로 스파게티를 좋아했다. WG° 시절엔 광란의 스파게티가, 텔레비전을 앞에 두고 홀로 있을 땐 위로의 스파게티가, 이탈리아에선 파스타가 순서를 바꿔가며 특별한 기쁨이 되었다. 그렇지만 내 입맛을 채우기엔 역시 늘 '양'이 좀 부족했다. 어떤 이탈리아 사람도 나처럼 엄청난 양의 스파게티를 먹진 않을 거다. 나와 보조를 맞출 수 있는 사람은 아마도 중국인들 정도이지 않을까. 국수의 본 고장이라고 하는 중국 사천 지방의 사천식 수타면은 1인분의 양이 어마어마했다. 그 양 때문에 나는 즉석에서 사천국수에 중독되고 말았다.

나는 누들을 모르거나 좋아하지 않는 나라 역시 어딘가 미덥지가 않다. 예를 들어 스페인의 경우엔 20분 동안이나 누들을 삶은 다음 누들을 잘게 자른다. 역사적인 적대감 외에 달리 뭐라 설명할 길

° 주거 공동체를 의미하는 'Wohngemeinschaft'의 약자. 여러 사람이 공간을 나누어 쓰는 독일식 셰어하우스지만, 공간을 '나눠' 쓴다기보다 '함께' 사용하는 공동체의 의미가 더 강하다고 할 수 있다.

이 없는 야만적 행위이다. 파스타가 있으면 얼마나 손쉽게 사람들을 먹일 수 있고, 행복하게 만들 수 있는가!

결혼 전 내가 남편을 위해 요리했던 첫 번째 음식은 파슬리와 마늘, 올리브오일로 만든 스파게티였다. 혼자 살던 그의 냉장고에서 찾을 수 있는 유일한 것들로 만든 것이었다. 그다음부터 그는 나를 말도 안 되게 대단한 요리사로 여겼고, 계속해서 딱 이 메뉴만을 찾았다. 하지만 종종 그도 나도 칼로리를 생각해야 한다며 거부할 수밖에 없었다. 그런데 이제 이런 멋진 기사가 나타난 거다! 김이 모락모락 올라오는, 적어도 200그램은 됨직한 파스타 접시를 앞에 두고 앉아 있는데, 두 번째 기사가 떴다. 첫 번째 기사는 이탈리아의 한 누들 회사가 퍼트린 것이라는 내용이었다. 무슨 상관이랴. 이미 세로토닌 레벨이 올라가 이 뉴스마저도 날려버리고 나를 위로하는 게 느껴지는데. 행복은 이런 곳에 있는 거다. 파스타가 주는 순도 100퍼센트의 행복.

겨울에 가까운 단어,

오렌지

독일의 북부 지역에선 오렌지를 아펠지네Apfelsine라고 불렀다. 아펠지네는 중국에서 온 사과[°]라는 말에서 유래했다. 아펠지네는 늘 겨울과 가까운 단어였고, 껍질을 깔 때 손톱 밑에 느껴지던 감각과도 이어졌다. 손가락 끝에 살짝 베인 상처라도 있으면 불에 댄 듯 화끈거리긴 했지만, 그 대가로 속에 든 과일뿐 아니라 우중충한 겨울 날씨에 잠긴 짙은 쥐색의 바깥 풍경과는 완전히 다른 남쪽 지방의 향취와 태양의 냄새까지 덤으로 얻을 수 있었다.

° 사과를 가리키는 독일어는 '아펠Apfel'이며 중국의 독일어 발음은 '히나China'이다.

사람들은 선원처럼 괴혈병에 걸리지 않으려면 겨울엔 반드시 귤을 먹어야 한다고들 했다. 일조량이 적은 하노버와 같은 지역에서 이런 이야기는 결코 먼 나라 이야기가 아니었다. 그러니까 나에게 오렌지는 겨울과 크리스마스에 속한 것이었다. 그래서인지 난생처음 스페인에서 오렌지나무를 보았을 때 혼란스러웠다. 12월 중순이었는데 쏟아지는 햇살을 받으며 오렌지가 크리스마스트리의 공 장식처럼 나무에 매달려 있었다. 마치 상상 속에서만 존재하는 모습 같았다. 아이들의 그림처럼. 독일북부 출신이라면 누구에게든 이런 오렌지나무는 영원한 기적으로 남으리라.

이른 봄이면 오렌지 열매의 곁에 오렌지 꽃 아자한Azahan이 눈처럼 하얗게 피어난다. 오렌지 꽃은 아침저녁으로, 무릎에서 힘이 빠질 정도로 매혹적인 향기를 풍긴다. 인간도 수분受粉을 위해 유인되는 '야행성 곤충'과 같다고 해야 하나. 오렌지 꽃은 아무도 찾아오지 않으면 자가수분도 할 수 있다고 한다. 오

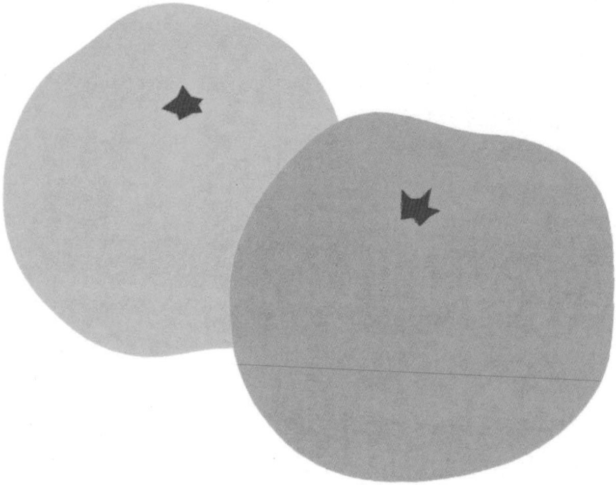

렌지 꽃이 만개했을 때 따뜻하고 부드러운 밤공기에 휩싸여 세비야를 가로질러 걸어본 사람이라면, 자신이 어딘가 거부할 수 없이 매력적인 사람이 된 것 같은 기분을 느끼게 된다. 이것이 야행성이 아니고 무엇이란 말인가.

오렌지는 남쪽 지방에서 나는 과일이지만, 밤에는 추위를 만나야 한다. 그렇지 않으면 녹색 상태에 머무르게 된다. 우리가 '오렌지색 오렌지'를 다 익은 과일로 여기기 때문에 우리를 위해 오렌지는 '탈녹색' 과정을 거치게 된다. 메틸렌 처리가 되는 것이다. 따뜻함, 삶의 기쁨 등을 상징하는 오렌지색은 우리에게 꽤 특별한 컬러다. 그래서 패션에도 주기적으로 영향을 준다. 어느 순간 더는 '두 발 달린 오렌지'로 돌아다니고 싶지 않다는 생각이 들 때까지 지속적이고, 반복적으로. 많은 사람이 오렌지색으로 머리를 물들이기도 하는데, 옷만큼이나 과하기로는 마찬가지다.

언젠가 집 안이 온통 오렌지색으로 물든 집

에서 몇 달 동안 산 적이 있었다. 벽이란 벽은 모두 오렌지색 페인트로 칠해져 있고, 변기마저 오렌지색이었다. 침대 시트, 그릇까지 모조리 다. 그 집은 오쇼 라즈니쉬Osho Bhagwan Shree Rajneesh, 1931.12.11~1990.1.19•를 추종하던 어떤 여자의 집이었다. 오쇼의 추종자는 모두 머리끝부터 발끝까지 오렌지색 옷을 걸친다. 아마도 그들 외에 그것을 아름답다고 생각한 사람은 아무도 없을 것이다.

이 집에서 지내던 어느 날, 쇼핑을 하려고 슈퍼마켓에 갔던 나는 마르고 눈이 어두운 한 노인이 물건 값을 치르는 걸 도와주었다. 그는 근처에 있는 그의 작은 아파트로 나를 초대했고, 나에게 스페인어를 할 줄 아는지 물었다. 내가 머뭇거리며 그렇다고 말하자, 그는 그 자리에서 바로 나를 비서로 삼고 피델 카스트로에게 보내는 편지를 받아적게 했다. 편지에서 노인은 쿠바의 오렌지 가격에 관해 논하며 무조

• 인도의 신비가, 구루 및 철학자. '다이내믹 명상법'을 개발했다.

건 가격을 내려야 한다고 했다. 그는 미친 사람이 아니었다. 이미 70년대에 쿠바를 여행하며, 토지개혁을 장려했던 저 유명한 무정부주의자 아우구스틴 소치 Augustin Souchy, 1892.8.28~1984.1.1°였다. 내가 피델 카스트로에게 오렌지와 관련된 편지를 쓰는 동안 그는 물구나무를 섰다. 그는 90세였다. 물구나무를 선 동안 오렌지를 올바로 먹는 법에 관한 스페인 격언을 들려주었다. '아침 오렌지는 금, 점심 오렌지는 은, 저녁 오렌지는 죽음.'

° 폴란드 태생의 독일 저널리스트. 무정부주의자로서 반군주의 활동을 했다.

부엌,
날것과 익힌 것의 역사

모든 것은 변한다. 아름다운 변화도 있지만, 그렇지 않은 것도 있다. 어떤 변화는 하루 빨리 일어나길 고대하지만, 변할까 봐 두렵기만 한 변화도 있다. 그러나 변화를 피할 길은 어디에도 없다. 모든 것은 변한다.

일상에서 변화를 실천하고 연구할 수 있는 최고의 장소는 바로 부엌이다. 얼마나 기적적인 일이 거듭되는가. 볼품없는 감자 한 알이 감자퓌레가 되고, 뇨키Gnocchi*가 되고, 감자수프, 포테이토 수플레

* 감자, 치즈, 밀가루를 반죽하여 손가락 한 마디만 한 크기로 만든 파스타의 한 종류

로 변신하는가 하면, 밀알은 빵과 파스타가 되고, 크로와상과 피자가 되며, 돼지고기는 베이컨과 돼지고기 구이, 테부어스트Teewurst°가 된다. 우리 아이는 특히 동물이 살코기가 되어 접시에 오르는 변화에 엄청나게 몰두했었다. 송아지커틀릿이나 브라트부어스트Bartwurst°°를 보면 매번 이렇게 물을 정도였다. “이건 전에 뭐였어?” 아마도 우리가 보다 더 자주 물었어야 할 질문이 아닌가 싶다. 너무도 많은 고통이 그 변화 과정에 숨어 있으니까.

청년 시절, 나는 프랑스의 사회인류학자 클로드 레비스트로스와 특히 그의 책 《날것과 익힌 것》°°° 에 깊은 감명을 받았다. 이 책에서 그는 다음과 같이 분석한다. 부엌은 문명의 길을 탐구할 수 있는 소우주이다. 요리는 자연의 쇠퇴를 막고, 그것을 변화시

° 주로 티타임에 나오는 비스킷이나 빵에 발라 먹는 용도로 쓰이는 부드러운 독일식 고급 소시지
°° 고기와 양파, 허브 등의 향신료를 섞어 만든 소시지로 주로 팬에 굽거나 그릴에 구워 먹는 구이용 소시지
°°° 국내에는 《신화학1: 날것과 익힌 것》(2005)으로 출간

킨다. 신화와 의식儀式과 문화의 관계처럼. 거칠게 표현하자면 다음과 같은 말이라고 할 수 있다. 으깬 감자와 괴테가, 팔라칭케Palatschinke°와 모차르트가, 햄버거와 팝스타 리한나가 다를 바 없다는 것. 부엌은 한 사회의 문화와 구조를 읽어낼 수 있는 곳이다. 그러므로 우리가 날것에서 익힌 것으로의 변화 과정을 우리 몸으로 직접 겪지 않고, 일종의 인공지능에게 맡긴다면, 그래서 어느 순간 우리 모두 구이 요리를 디지털 방식으로 나오는 요리라고 여기게 된다면, 그것이 뜻하는 바를 집에 있는 만능 쿠커에 대고 물어봐야 할지도 모를 일이다. 우리가 직접 우리 손으로 요리를 통한 탈바꿈이라는 의식을 행하지 않게 된다면, 언젠가 우리 문화의 일부분이 급격하게 떨어져나가는 위험한 상황에 처하게 될 것이다.

결국 이 모든 것이 뜻하는 것은 무엇일까? 사실상 아무도 모른다. 하지만 먹는 것이 곧 우리가 누

° 속에 과일 잼이나 고기를 넣어 감싸서 주로 디저트로 먹는 일종의 오스트리아식 팬케이크

구인지 말해준다. 무엇을 먹고, 어떻게 요리하는지가 인간을 규정한다. 먹는 행위는 포만감을 주고 우리를 행복하게 한다. 인간은 여전히, 변함없이 먹는 자로서 남아 있다. 많은 동물의 경우 스스로 급격한 변신을 이루는데, 그와 더불어 먹이까지 변한다. 올챙이에서 개구리가 되고, 애벌레에서 나비가, 달걀에서 닭이 되는 경우가 그렇다. 모든 종種의 80퍼센트에서 급격한 몸의 변형이 나타난다. 그런데 왜 힘들고, 큰 위험을 무릅써야 하는 이 극적인 변화를 감행하는 걸까?

오랫동안 과학계에선 그에 대한 이렇다 할 답을 찾지 못했는데, 최근 새로운 이론이 나왔다. 이 이론에선 변태變態를 설명할 수 있는 유일한 이유가 다른 먹이를 얻기 위해, 무엇보다도 더 많은 먹이를 얻기 위해서라고 한다. 나는 곧바로 이해할 수 있었다. 내가 개구리라고 치자. 그런데 모기나 파리뿐 아니라, 피자와 파스타까지 먹을 수 있는 기회가 주어진다면! 나는 당장에 인간이 되려는 시도를 했을 거다. 운이 나빴는지 아직까지 이걸 해낸 개구리는 한 마리도 없었다. 하지만 우리 인간은 엄청난 변태를 결정했고, 인간이 되기 전 모태에 있을 땐 모두 양서류와 같은 특성을 지녔었다. 이제 분명해졌다. 결국 더 나은 음식 때문이었다.

우리가 직접 요리하는 한, 우리는 맛있는 음식과 아울러 문화도 만들어가는 것이다. 멋지지 않은가?

완두콩 프로젝트

완두콩은 늘 나를 매료시킨다. 가지런히 열을 지어 가느다란 꼬투리 실에 매달린 채 껍질 속에 놓여 있는 모습이라니. 완두콩 훑기는 어린 시절 내가 가장 좋아하는 부엌일 중 하나였다. 엄지로 선을 긋듯 껍질을 죽 훑으면 톡, 톡, 톡, 톡 완두콩이 한 알씩 껍질에서 튀어나왔고, 나는 신데렐라가 된 것 같은 기분이 들었다. '좋은 것은 단지에 넣고, 좋지 않는 건 먹어라'° 그래서 아주 많은 콩이 내 입속으로 들어갔

° 동화 《신데렐라》에 나오는 유명한 대사. 번역본에 따라 '좋은 것은 작은 항아리에 넣고, 좋지 않은 것은 모이주머니에 넣어라'라고 쓰인 것도 있다.

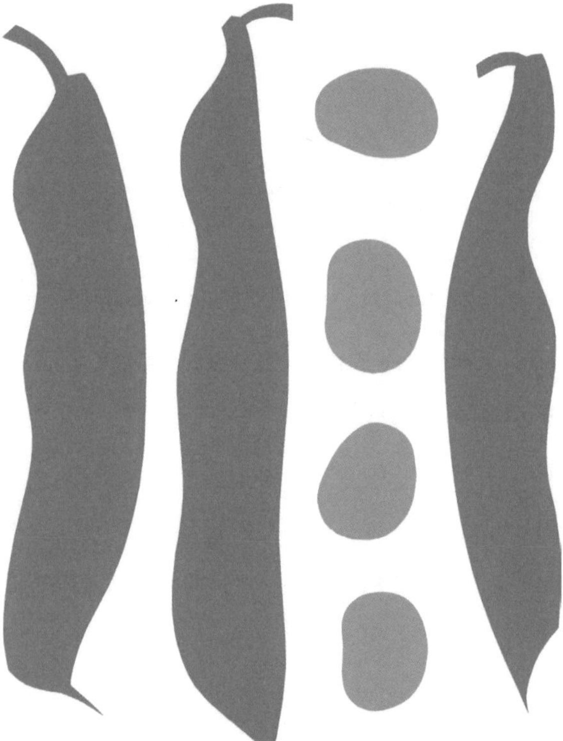

다. 설탕처럼 단 한 알을 손에 넣으려면 그만큼 많은 완두콩을 먹을 수밖에 없다. 어머니는 완두콩수프를 끓일 때 밀가루경단Grießklößchen°과 생 훈제돼지고기를 넣고 끓이셨다. 우리 어머니 말고 세상 누가 이런 요리를 알까? 어머니의 완두콩수프는 맛이 기가 막히고 보기에도 아름다웠다. 하얀 밀가루 경단과 붉은 햄이 달콤한 완두콩과 시각적으로 놀라울 만큼 조화를 이룰 뿐만 아니라, 단맛부터 짠맛까지 맛의 폭도 넓다. 완전 북부 독일식 음식이라, 아마도 하노버같이 남쪽에 사는 사람들에겐 무척 낯설 거다.

가족들 사이에서 나는 종종 《완두콩 공주》°° 라고 불렸는데, 나는 그 말만 들으면 마구 짜증을 냈다. 급기야 어느 날, 나는 완두콩 공주 이야기를 시험

° 밀가루에 버터와 우유만 넣고 소금물에 버무려 만든 독일식 경단

°° 안데르센 동화 중 한 편. 원제는 《완두콩 위의 공주》. 진정한 공주를 찾아 결혼하고자 한 왕자가 있었는데, 비 오는 날 성을 찾아온 공주가 열두 겹의 매트리스와 오리털 이불 밑에 숨겨놓은 완두콩 한 알 때문에 잠을 설쳤다는 이야기를 듣고 예민한 감수성을 지닌 그녀를 아내로 맞이한다는 이야기

해보기로 했다. 침대 매트리스 밑에 완두콩 한 알을 놓아둔 것이다. 헛웃음밖에 안 나왔다. 아무런 거리낌 없이 잠만 잘 잤다. 나는 세심한 완두콩 공주와는 거리가 멀었던 것이다.

나는 또 다른 완두콩 프로젝트로 유겐트 포르슈트Jugend forscht°에 응모했다. 서로 다른 배양 접시에 완두콩 씨를 뿌린 다음 배합을 다르게 한 물을 주며 그것이 완두콩의 성장에 어떤 영향을 미치는지 연구하는 프로젝트였다. 그 작업이 얼마나 지루했던지, 곧 과학자가 되겠다는 생각은 거두기로 했다. 대신 더 나은 완두콩의 쓰임새를 찾아냈다. 열렬히 흠모하던 한 남학생과 잘되고 싶어서 멀리 떨어져 있는 교회까지 걷기기도를 했다. 특별히 절박함의 표시로 신발에 완두콩을 넣고 걷기로 했다. 딱딱하게 말린 콩은 뭐랄까, 고수高手에게 더 잘 어울릴 것 같은 생각이

° 1965년 시작된 유럽에서 가장 큰 과학 경시대회. 매년 1만 명 정도의 지원자가 참신한 프로젝트를 연구하고 결과를 작성하여 경쟁한다.

들었다. 그래서 나는 냉동 완두콩을 신발에 털어넣었다. 처음엔 불편했지만, 완두콩이 녹으면서 점점 걷기가 수월해졌다. 대신 나는 기도길 내내 이렇게 하는 건 하느님을 속이는 것이 아닐까, 하느님이 냉동 완두콩이라도 받아주실까, 하는 질문에 시달렸다. 얼마 후 하느님은 내 냉동 완두콩을 받아주셨다. 그 애가 단 일주일 만에 학교 파티에서 나와 춤을 추었던 것이다. 하지만 그 애는 곧 세상 멍청한 녀석임이 드러났다. 그러니까 내가 원한 것을 얻었지만, 다시 원점으로 돌아가고 만 것이었다. 분명 냉동 완두콩과 연관된 뭔가가 있다고 생각했다.

생물 시간에 배웠는데 완두콩은 무성생식, 즉 자화수정을 한다고 한다. 생식을 위해 아무도 필요로 하지 않는다는 말이다. 결혼도 자기 자신과 하는 것이다. 나는 이 점이 합리적이라는 생각이 들었고, 동시에 큰 위로가 되었다. 우리는 교실 창턱에서 완두콩을 키웠는데, 여름이 끝날 때까지 완두꽃 향기가 교실을 가득 채웠다. 지금까지도 나는 그 향기가 맡고 싶어 갖은 노력을 다하고 있다. 발코니용 화분에 완두콩 씨앗을 심었는데, 꽃은 영영 필 것 같지 않다.

꽃 가게에 들르면 가끔 완두꽃을 볼 수 있다. 그러면 나도 모르게 꽃 사이로 깊숙이 얼굴을 들이밀고 향기를 들이마신다. 겉기기도와 완두콩수프를 상기시키는 달콤하고도 가혹한 그 향기를.

한 아이 당, 뇌 한 개씩

내 책상 위엔 의학용 뇌 모형이 세워져 있다. 머릿속에서 아무 생각도 떠오르지 않을 때면 절단된 적양배추의 단면을 떠올리게 하는, 혹은 신神과 세상에 관한 모든 관념이 숨겨진, 이 구불구불한 나선형 융기를 물끄러미 바라본다. 그리고 경탄해 마지 않는다. 물론 뇌 속에는 '무엇을 요리할까' 같은 일상적인 질문도 담겨 있을 것이다. 이 질문은 '나의 뇌는 무엇을 먹을 수 있는 음식이라고 받아들이고, 무엇을 받아들이지 않을까?'로 바꿀 수도 있다. 이를 테면 나의 뇌는 뇌, 즉 머릿골을 음식으로 받아들이지 않는다. 나는―뇌만 빼고―못 먹는 게 없다. 살면서 딱 한 번

뇌를 먹어보긴 했다. 아니, 차라리 안 먹었다고 하는 편이 낫겠다. 지금까지도 나는 혀끝에서 그때 맛본, 버터처럼 부드럽고 소름 끼치던 그 덩어리가 고스란히 느껴진다. 어떤 집이든 자기 가족만의 음식 이야기가 있다. 가족들이 가장 좋아하는 음식, 가장 싫어하는 음식, 잔치 때 그리고 휴가철 가족 여행 때 먹는 음식 등. 어릴 적 이탈리아에서 보낸 여름휴가 여행에서 철부지인 우리가 가장 좋아했던 것 중 하나가 바로 음식이었다. 아침마다 우리는 빵을 사러 갔는데, 빵집에 도착할 때까지 서툰 음조를 붙여 '세이 파니니 그랑디Sei panini grandi'°를 연습하며 갔다. 그렇게 하지 않으면 가는 길에 해야 할 말을 잊어버릴 것 같아 겁났다. 파니니는 독일의 브뢰첸과는 아주 달랐다. 크기도 더 컸고 속은 폭신했다. 거기에 그 무엇도 따라잡을 수 없는 맛있는 복숭아 잼이 있었다. 그리고 백미는 스파게티였다. 내 기억에 우리는 아침부터

° 라지 사이즈의 파니니 여섯 개를 뜻하는 이탈리아어

저녁까지 스파게티를 먹었던 것 같다. 온종일 바닷가에서 노느라 기진맥진하고 금방이라도 죽을 것처럼 배가 고플 때, 귀에서 소금물이 흘러나올 정도로 바닷물에 절은 몸으로 먹던 그 엄청난 양의 스파게티! 그보다 더 맛있는 건 없었다. 하노버에서 먹던 스파게티보다 100배는 더 맛있었다. 여행지를 떠날 때가 가까워지자, 우리는 바다뿐 아니라 적당히 낯설고 적당히 새로웠던 음식과도 이별을 고하며 슬퍼했다.

한번은 집으로 돌아오는 길에 알프스 지역에서 잠시 쉬었다 온 적이 있었다. 우리가 들렀던 호텔 식당에는 난생처음 들어보는 어린이 메뉴가 있었다. '송아지 뇌 요리'라는 것이었다. 나는 사진을 찍은 듯 정확히 기억한다. 출렁이며 다가오던 둥근 은제 뚜껑이 덮인 쟁반, 곧이어 은제 뚜껑이 들어 올려지던 드라마 같은 순간을. 그리고 한 아이 당 한 개씩 그곳에 놓여 있던 회색빛 작은 덩어리를. 우리는 이~이, 아~악 소리를 질러댔다. 그 맛을 상상하는 것만으로도 식욕을 잃어버렸고, 무슨 일이 있어도 그 요리에는 입도 대고 싶지 않았다. 다행히 전부 먹을 필요는 없었다. 우리 모두에게 뇌 요리는 색다르면서도 결코 잊을 수 없는 음식으로 남아 있다. 지금 생각해도 믿기 어렵다. 정말로 네 명의 아이를 위해 송아지의 뇌가 네 개나 있었다고? 우리는 1 곱하기 1은 1도 모르는 송아지 뇌를 냠냠 짭짭 맛있게 먹으면 송아지의 뇌와 비슷해진다고 생각했다. 그럼 송아지는 그 회색빛의 작은 뇌로 무슨 생각을 했을까? 언젠가 자기 뇌가 접시에 올라 우리 앞에 놓이게 되리라는 것은 확실히 아니었을 거다! 우리가 송아지의 뇌를 앞에 두고 역겨워했다면, 송아지 뇌 요리의 광팬들은 스파게티를 보면서 역겨워하지 않았을까?

많은 이야기 속에서 낯선 음식은 큰 역할을 담당한다. 담력을 시험하는 도구가 되기도 하고, 마법에 걸리게 하는 마녀의 음식이나 마법을 푸는 기적의 음식이 되기도 한다. 또한 익히 알고 있는 세계를 떠나 미지의 것에 눈을 뜨게 하는 표식으로서의 역할을 담당하기도 한다. 우리 중에는 누구도 먹으려 하지 않았으므로 뇌는 우리에게 무지를 깰 수 있는 기회를 알리지 못한 채, 그냥 입을 다물고 만 것이다. 아무튼 나는 그 후로 다시는 뇌를 맛보지 않았다. 그런데 괜한 일을 한 것 같다. 최근에 구운 레버부어스트* 와 달걀로 만든 '가짜 뇌 요리' 레시피를 알게 된 것이다. 도대체 이런 건 누가 생각해내는 걸까?

* 송아지나 돼지의 간으로 만든 부드러운 소시지

파에야의 관용

쾰른의 오랜 카니발 노래 중 이런 노랫말이 있다. "그녀는요, 그녀는요, 세비야Sevilla로 갈 거래요……" 우리는 이 노래를 들으며 더블 L(ll)의 스페인어 발음을 배웠던 것 같다. 꿋꿋이 세'빌'야, 파'엘'야Paella•라고 발음하니 말이다. 파에야는 스페인 어디를 가든 메뉴판에 꼭 등장하기 때문에 독일인이 스페인에 가면 상그리아••만큼이나 즐겨 주문하는 음식이다. 그러나 먹기 좀 번거롭기도 하다. 일단 파에야는 2인분 이상부터 주문할 수 있다. 이것부터 장애물

◦ 어패류, 육류, 채소 등을 넣고 볶은 스페인식 볶음밥
◦◦ 레드 와인에 과일과 설탕을 넣어 만든 스페인식 칵테일

이다. 주문한 다음엔 또 한없이 기다려야 한다. 엄청나게 큰 둥근 철판냄비가 상에 오르면, 이번엔 약간 미덥지 않은 마음으로 쌀밥을 뒤적인다. 밥 위아래에 무엇이 숨겨져 있는지, 우리가 예상한 대로 닭고기와 조개, 딱새우, 토끼고기와 생선이 너무 조금 들어 있는 건 아닌지 꼼꼼히 살핀다. 맛도 실망스러울 때가 많다. 쌀은 설익고, 딱새우에선 살짝 상한 맛이 나는 데다 토끼고기는 살점도 거의 붙어 있지 않고, 섭조개는 대개 네 맛도 내 맛도 아니다. 이 파에야 믹스타Paella Mixta*를 두고 원조 파에야의 고장인 발렌시아 사람들은 '관광객용 파에야'라고 부른다. 이곳 사람들은 육고기만 넣고 파에야 요리를 한다. 우리는 그렇거나 말거나 상관하지 않고, 고집스럽게 계속 파에야를 주문한다. 한 번쯤은 제대로 된 훌륭한 파에야를 만나리라는 희망을 안고 말이다. 파에야가 맛있으면, 보통 맛있는 게 아니기 때문이다. 일단 제대로 된 파

* 육류, 어패류, 채소 등의 재료가 모두 들어간 일종의 모둠 파에야

에야는 밥 아래가 빵 껍데기처럼 눌어 있다. 이건 참을성 있게 오래 불 위에 둬야만 생기는 거다. 그리고 밥 색깔이 수선화색처럼 노랗다. 값싼 강황이 아니라 진짜 사프란*으로 색을 입혔기 때문이다. 사프란 1킬로그램을 얻으려면, 대략 20만 개의 꽃송이가 필요한데, 그마저도 일일이 다 손으로 따야 한다. 그리고 아무리 많이 따도 하루에 80그램이 전부다. 사프란이 비싼 건, 그러니까 놀랄 일이 아니다.

중세시대에도 사람들은 사프란이 기분을 고무시킨다는 걸 알았다. 보고된 바에 따르면, 사프란을 물에 타서 마신 사람은 포복절도하며 웃어댔다고 한다. 그야말로 파에야와 사프란과 웃음은 서로 뗄 수 없는 사이인 것이다. 파에야가 기분을 고무시키는 것은 아마도 혼자 먹는 음식이 아니어서 그럴 거다. 파에야를 먹을 땐 여러 사람이 식탁에 모여 몇 시간이고 함께 시간을 보내는데, 주로 오후 시간을 가장

* 사프란 꽃을 말려 가루를 내거나 말린 꽃을 그대로 이용한 황색의 천연 색소이자 향미 재료

즐긴다. 다만, 저녁으로 먹기엔 너무 무거운 음식이기 때문에 저녁때만큼은 절대 먹지 않는다.

주말에 스페인의 대가족이 집에 모여 몇 시간이고 함께 앉아 음식을 먹고 이야기꽃을 피우며 웃고 싸우는 모습을 지켜보고 있으면, 우리가 뭔가를 잃어버리고 있거나 어쩌면 이미 무언가를 잃어버렸다는 느낌이 든다. 물론 스페인의 젊은이들도 스마트폰만 들여다본다. 하지만 최소한 식탁에 앉아 있어야 한다. 온 가족이 둘러앉아 미모의 고모가 그새 또 새 남자를 사귄다는 이야기, 나이 든 사촌이 결국 커밍아웃을 했다는 이야기, 외할머니가 무정부주자의 편에 서서 무기를 손에 들고 싸웠다는 이야기, 친할아버지는 또 저 빌어먹을 독재자 프랑코 장군Francisco Franco, 1892~1975°의 추종자였다는 이야기를 우연히라도 듣게 된다. 이런 이야기를 듣다 보면 개인사와 정치사의 복잡한 얼개를 수용하고, 인간이 지닌 양면적

° 군부 쿠데타를 일으켜 스페인의 총통이 된 후 사망하기 전까지 40년간 스페인을 지배한 군부 독재자

인 모습을 마주할 수밖에 없다. 그리고 이 무질서와 엉망인 세계의 유일한 출구는 결국, 똘레랑스(관용)임을 터득하게 된다. 그러니까 우리가 함께 식사하며 살아온 이야기를 들려주고, 또 누군가 그 이야기들을 듣는다면 이 세계는 관대함을 잃지 않을 거라고 믿는다. 어쩌면 스페인이 유럽 다른 어느 나라보다도 낯선 사람에게 관대한 건 우연이 아닐 것이다. 나는 감히 말하건대, 그건 파에야 때문일 거다. 나는요, 나는요, 나는요 세비야로 갈 거랍니다~.

내 사랑

린다, 린다, 린다

사람이 감자를 그리워할 수 있다니 참 별일이다. 작고 예쁘고 단단한 '린다', 그 완벽한 샐러드감자가 어느 날엔가 자취를 감췄다. 2004년, 유로플랜트라는 회사가 식물변종보호를 내세웠고, 그와 더불어 린다는 일종의 독일 체류허가 자격을 박탈당하고 말았다. 그리하여 하루아침에 린다가 독일에 정주할 수 있는 길이 막혀버리고 만 것이다. 그렇게 린다는 없어졌다. 린다는 우리 모두의 것이 아니었던가? 어떻게 일개 회사가 나의 린다를 사라지게 할 수 있단 말인가? '린다를 구하자'라고 요구하는 단체까지 생겨났지만, 그들 역시 아무런 성과도 거두지 못했다.

나는 늘 궁금했다. 지금쯤 린다가 어두컴컴한 감자 창고에 앉아 밤의 그림자 속에서 창백한 새순을 내밀고 홀로 울고 있지는 않은지. (밤 그림자를 받고 자라는 식물°이라니 너무 멋진 말이지 않은가!) 나는 나의 린다가 너무나도 그립다. 린다가 있어야 완벽한 감자샐러드가 나올 수 있다고 생각하기 때문이다. 린다는 껍질째 삶는 감자다. 너무 오래 삶으면 안 되고, 삶은 후에는 껍질을 조심스럽게 벗겨 얇게 썬다. 여기에 가늘게 썬 양파와, 식용유, 식초, 설탕을 넣어 섞는데, 감자 조각이 뭉그러지면 안 된다! 이렇게 섞은 샐러드는 잠시 그대로 두어 맛이 어우러지게 한다. 경우에 따라선 이때 소금 간을 더해도 된다. 샐러드는 완성! 이게 끝이라고? 불만을 터트리는 사람들이 많을 것 같다. 완벽한 감자샐러드에는 햄이나 오이피클, 마요네즈, 아니면 이 세 가지가 전부 필요하고 감자는 두껍고 팍삭해야 하며 그 외에 내가 모르는 것

° 감자와 같은 가짓과科의 식물을 뜻한다.

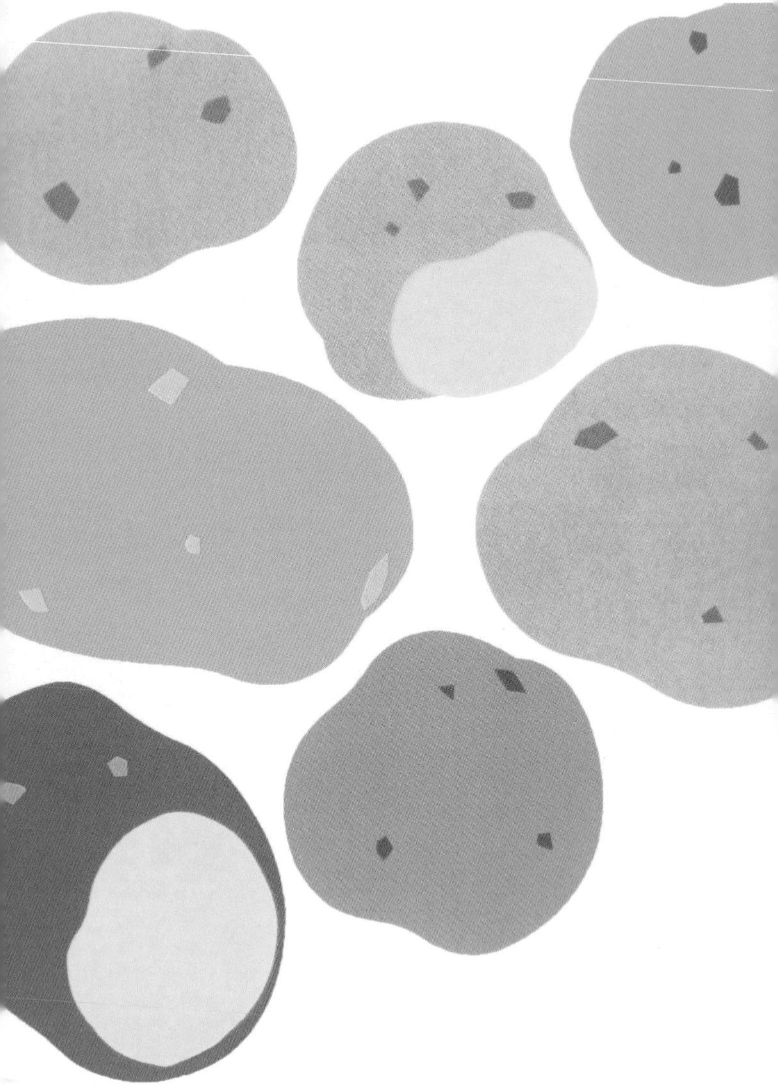

까지 전부 들춰내 언급할 것이다. 독일에선 감자샐러드 레시피에 대한 다양하고 확고한 신념이야말로 갈등과 분열을 부추기는 불씨가 될 수 있다. 우리는 '포테이토 헤드Potatoheads'라 부를 정도로 '감자 먹보'다. 완벽한 감자샐러드에 관한 토론은 피가 거꾸로 솟구칠 정도로 우리를 흥분시킨다. 바이어른 지방에선 좋은 감자를 보기 힘든 것 같다. 전부 너무 크고 살이 팍팍하다. 린다가 없다! 완벽한 감자샐러드는 물 건너간 것이다.

작년에 한 여행사에서 운영하는 부탄의 에코-감자재배협동조합으로부터 초대받은 적이 있었다. 그들은 글쓰기 워크숍을 열어달라고 했다. 감자와 문화가 함께 연관되어 있다는 취지에서였다. 일리 있는 생각이다. 먹기 힘든 알뿌리를 끓는 물에 삶으면 어떨까 하는 누군가의 아이디어 덕분에 생 재료가 익힌 먹거리가 되는 과정을 거치며 음식 문화와 삶의 방식까지 근본적으로 변하게 되었으니까 말이다. 부탄의 협동조합에선 '해피 칩스Happy chips'라는 명명식을 거친 감자칩을 생산한다.

나는 이 작고 특별한 나라를 두루 다니는 동안 놀라움을 금치 못했다. 그러던 중 한 농가에서 숙박하게 되었는데, 안주인이 날 위해 요리를 해주었다. 나는 이국적인 한 상을 기대했었다…… 그런데 상에 올라온 건 감자샐러드였다. 이 감자샐러드는, 그야말로 완. 벽. 했. 다. 달리 무슨 말을 할 수 있었을까? 나는 알았다. 린다에게 무슨 일이 벌어진 건지. 그랬다. 린다는 '환생'한 것이다. 부탄에서. 시간이 흘러 독일에도 다시 린다가 나타났다. 유로플랜트가 이해심을 발휘했던 것이다. 내 사랑 린다는 다시 독일에 정주하고 있다. 가끔은 해피엔드라는 것도 있는 법이다. 그런데 한 가지 궁금증이 남는다. 우리가 먹는 채소의 주인은 누구일까?

내 일상에도 단단한
밀크스톤 하나

나는 들판에 풀어놓은 소의 곁에 앉아 있는 게 참 좋다. 소가 콧김을 훅훅 뿜는 소리, 거칠게 숨을 몰아쉬는 소리, 잘근잘근 풀 씹는 소리, 그리고 깊이를 알 수 없는 한숨 소리에 귀를 기울인다. 이 한숨은 아마도 초록빛 풀을 맑고, 하얗고, 비단처럼 매끈한 액체로 바꾸는 일이 너무 힘들기 때문일 것이다. 혹은 우유가 너무 복잡한 문제가 되었기 때문일 수도 있다.

어릴 때 나는 우유 통을 들고 우유 가게로 자주 심부름을 가곤 했다. 수도꼭지에서 우유가 넓게 분사되며 우유 통에 쏟아지면, 우유가 가득 담긴 통을 한 번 툭 차서 흔들어주었다. 그렇게 하면 우유가 한 방울도 넘쳐나지 않았다. 원래 나는 우유를 좋아하지 않았다. 코코아우유만 빼고 말이다. 나의 할머니는 쭈글쭈글해진 우유 막을 빵에 발라주시면서 "맛있는 거란다"라고 말씀하셨다. 어머니는 작은 종지에 우유를 담아 창턱에 올려두셨는데, 하룻밤 지나고 나면 묽은 수프 같은 스팁밀히Stippmilch가 되었다. 스팁밀히에는 대개 설탕과 계피를 넣어서 먹었다.

아이가 태어나면 사람들은 밀크스톤Milkstone을 선물했다. 우유가 끓어 넘치지 않도록 냄비에 넣는 돌이었다. 가공 전 날것 상태의 생우유는 병원체 때문에 반드시 끓여 먹어야 했고, 미국에선 지금까지도 원유原乳를 마시는 건 금지한다. 미국에서 나는 치즈를 밀수입하는 프랑스 사람 한 명을 알게 되었다. 그는 가공하지 않은 생우유로 만든 원유치즈를 트렁크째 끌고 다녔는데, 할리우드에서 열리는 파티를 돌며 비싼 값에 판매했다.

불과 몇 년 전까지만 해도 미국인은 상상할

수 없을 정도로 많은 우유를 마셨다. 우유를 마시지 않으면 키가 크지 않고, 힘도 세지지 않는다며. 우리도 그렇게 믿었었다. 언제부터인가 유당불내증이라는 길고도 새로운 단어가 사람들의 입에 오르내리기 전까지는 말이다. 갑자기 많은 사람이 유당불내증 증세를 보이며 두유, 아몬드우유, 야자우유, 귀리우유로 갈아탔다. 나는 이런 것들이 우스꽝스럽기만 했다. 성인은 절대로 우유를 소화할 수 없다는 주장도 마찬가지다. 부처가 고행으로 병들고 쇠약해졌을 때 젊은 여인 하나가 그에게 준 우유 한 대접이 그의 목숨을 구했다지 않은가.

중국인은 우유를 엄청 마신다. 그들 역시도 큰 키에 강한 체질을 원하기 때문이다. 아시아 지역 사람은 거의 모두 유당불내증을 갖고 있다. 입증된 바와 같이 중국인들 또한 우유를 잘 소화하지 못하는데도 축산업은 여전히 부흥하고 있다. 지금 중국엔 소를 키우는 엄청난 규모의 축사가 있고, 수백만 마리의 소가 방귀를 뀌어대며 공기 중에 이산화탄소를 내뿜는다. 우유는 지구촌 전체에 걸친 문제이다. 유럽은 지나치게 많은 우유를 생산하면서도 아무런 책임도 지려하지 않는다. 소규모 낙농 농가는 대규모 낙농업자 때문에 허물어지고 있다. 우리는 터무니없이 많은 우유를 생산하려고 젖소의 건강을 해친다. 더는 소를 목초지로 내보내지 않는다. 우리의 전원도 덩달아 황량해지고 있다. 우리가 생산한 우유를 분유로 만들어 수출하는 바람에 다른 나라에서는 낙농법이 파탄 일로를 걷고 있다.

10대 때 나는 영국의 유명한 록그룹 허만스 허밋Hermann's Hermit의 노래 〈No milk today, my love has gone away〉(오늘은 우유가 없네. 내 사랑이 떠나버렸네)를 부르며 지냈다. 시간이 흐르면서 나도 유당불내증을 갖게 되었다. 맞다, 정말로 그렇게 되었다. 몇 년 동안 아침만 되면 배가 아팠다. 그런데 커피에서 우유를 뺀 뒤로는 별 탈 없이 지낸다. 하지만 우유가 그립다.

나는 풀밭에 풀어놓은 소들의 곁에 앉는다.

소가 내 목덜미에 대고 한숨을 내쉬는 걸 가만히 둔 채 함께 숨을 내쉰다. 꼭 이렇게까지 복잡해져야 하는 걸까? 우유마저도? No, milk today.

손을 쓰는 일

얼마 전부터 친구들이 새로 나온 기적의 만능 주방기구에 광적으로 열광하고 있다. 마치 무아지경에 빠진 사람들 같다. 그들은 아무것도 직접 할 필요가 없다며 격찬했다. 단단히 홀렸구만. 나는 중얼거린다. 미쳤어. 칼질을 하고, 반죽을 개고, 휘젓고, 굴려서 펴는 일. 강판에 갈거나, 가루를 섞어 부치고, 뒤집개로 뒤집는 일. 뜯고, 문지르고, 체로 거르는 일...... 이 모든 일을 자기 손으로 직접 하지 않아도 된다는 사실은 나를 당황스럽게 한다.

내 두 손은 평소 컴퓨터 자판을 치거나, 컴퓨터 스크린을 닦는 것 외에 달리 많은 일을 하지 않아도 된다. 그러나 (내 몸의 나머지 부분과 달리) 내 두 손은 참지 못하고 부엌에 들어가 일거리를 찾는다. 그리고 손에 잡히는 건 뭐든 달려든다. 밀대를 굴려 한 올 한 올 국수 가락을 만들고, 수백 개의 완탕 만두를 빚거나, 베리류도 한 알씩 직접 따서 접시에 올린다. 스파게티 면에 소스밖에 없어 손질할 게 마땅찮은 날엔 우울해진다.

내 두 손은 당근을 썰 땐 당근을 써는 것만이 중요할 뿐. 다른 것은 중요하지 않다. 사실 그 순간 당근 외에 중요한 것은 아무것도 없다. 그러나 세상은 우리가 단순히 이 세계에 존재하는 것 이상의 무언가를 끊임없이 원한다. 이런 세상에서, 오롯이 내 두 손에, 그리고 지금 썰고 있는 당근에만 주의를 기울이는 것, 이것은 그야말로 큰 위안이다. 맞다. 이것은 오랜 선禪의 가르침에서 지혜를 구한 것이다. 당근을 썰 땐 당근만 썰라. 이 말은 이미 '써머믹스Thermomix'라는 만능 쿠커 이전 시대에 형성된 것으로, 그 당시에도 딴생각을 하지 않고 당근을 써는 일에만 집중하는

것이 어려웠던 모양이다. 지금은 직접 당근을 써는 것조차 결정해야 할 문제가 되었다. 세상에! 결정의 카오스에 결정 거리 하나가 더해졌다. 우리는 끊임없이 결정해야 한다. 그 모든 결정은 결국, 소비에 대한 결정이다. 아날로그가 아닌 디지털 방식의 소비도 마찬가지이다.

'소비하다'라는 말은 라틴어 'Consumere'에서 유래했는데, 이 말은 흥미롭게도 '소모하다, 허비하다, 탈진 혹은 소진하다'라는 뜻이다. 우리는 직접 요리를 해 먹기엔 너무 피로하다. 하지만 일단 내 두 손을 움직여 요리하기 시작하면, 신기하게도 다시 에너지를 얻게 된다. 나는 내 몸으로 되돌아온다. 몸이란 세상과 나를 이어주는, 유일하게 신뢰할 수 있는 매개체다. 무슨 냄새지? 어떤 맛이 나지? 어떤 촉감이 느껴지지? (이건 정말 사족인데, 라즈베리 한 알갱이를 뺨에 문지르면, 벨벳처럼 부드러운 말 주둥이와 같은 촉감이 느껴진다. 여러분도 한번 해보시라!)

우리는 어떻게든 손 쓰는 일에서 벗어나기를

꿈꾼다. 모든 사람이 벽돌공처럼 뼈 빠지게 일하거나 삼시 세끼 대가족이 먹을 음식을 요리하며 살기라도 하듯이 말이다. 우리는 더는 그렇게 살지 않는다, 다행히도. 손 쓰는 일을 전혀 하지 않는다고 해도, 우리의 삶이 더 자유로워지진 않을 거다. 일에서 손을 뗀다고 해서 우리네 삶이 더 자유로워지리라 장담할 수는 없을 것 같다. 당근을 손수 써는 일은, 부단히 이어지는 꿈처럼 끝없이 모니터에 펼쳐졌다 사라지는 세상, 실제 나의 삶 속에선 갈 수 없는 그런 세상을 마냥 쓰다듬고만 있을 나를 움직이게 한다. 매일 '부엌에 도착'하는 일에는 특별할 게 없다. 꿈에 그리던 여행처럼 대단한 일도 아니다. 하지만 나의 일상에서 당근과 함께 한다는 건 여행에 준하는 일이다.

다크초콜릿 처방전

국민 1인당 연간 12킬로그램의 초콜릿을 섭취하는 독일은 세계 최대의 초콜릿 소비 국가다. 이건 순전히 내 아버지 탓이다. 아버지는 세상 누구도 따라올 수 없을 만큼 초콜릿을 많이 드신다. 점심 뒤에 초콜릿, 저녁 뒤에도 무조건 초콜릿이다. 그냥 조그만 초콜릿 한 개, 혹은 한 줄 정도가 아니라, 초콜릿 한 판을 다 드신다. 그것도 늘 다크초콜릿으로만. 끼니때마다 식사가 끝나면 아버지는 생존을 위해 없어서는 안 되는 약이라도 되듯 초콜릿을 나눠주셨다. 다른 아이들이 우유가 들어간 초콜릿을 먹고 자랐다면 나는 다크초콜릿인 헤렌초콜릿Herrenschokolade•을 먹고 컸다. 왜 블랙 초콜릿을 남자들의 초콜릿이라고 불렀을까? 남자는 쓴맛처럼 강렬하고 여자는 단맛처럼 부드럽다는 건가? 알다가도 모를 일이다. 하지만 어떤 경우에도 나는 밀크초콜릿은 감당이 안 된다. 게다가 다크초콜릿은 건강에도 훨씬 좋다. 하루에 먹는 음식량에서 내가 얼마나 많은 부분을 초콜릿에 의존하고 있는지는, 중국처럼 초콜릿을 거의 먹지 않는 나라에 있을 때면 특히나 더 잘 알 수 있다. 중국인은 연간 1인당 200그램의 초콜릿을 소비한다. 그들에겐 우리 아버지 같은 분이 없는 거다.

일본의 한 선사禪寺에서 영화 촬영을 했을 때 내가 얼마나 초콜릿에 중독되었는지, 뼈저리게 깨달을 수 있었다. 우리는 촬영 기간 내내 사찰을 떠나지 않기로 주지 스님과 약속했다. 그 외에도 사찰의 모든 규칙을 따르기로 했다. 새벽 3시에 하는 명상과 독경, 몇 시간 동안이나 계속되는 청소(청소라니!), 끝날

◦ 영어로는 Man's chocolate 정도의 뜻을 가진 독일 초콜릿 상품명. 가장 쓴 다크초콜릿의 대명사처럼 쓰인다.

줄 모르는 다도茶道 의식, 얼음이 꽁꽁 얼 정도로 추운 날씨에 맨발로 걷기, 명상하며 숲길 비질하기, 쌀죽 외엔 아무것도 먹지 않기, 뜨거운 물 목욕은 일주일 딱 한 번만 하기 등등. 정말이지 전부 다 혹독했지만, 무엇보다 커피와 초콜릿을 포기하는 게 가장 힘들었다. 그곳에서 커피를 가까이하는 건 생각도 할 수 없는 일이었다. 다행히 우리 피디 중 한 명이 그럴듯한 이유로 사찰에 들어오지 않고 한 스시-레스토랑에서 하숙했다. 그가 매일 저녁, 어둠을 틈타 사찰 담벼락까지 오면 우리는 그에게 그날 찍은 필름을 건네주었고, 그는 우리에게 초콜릿을 넘겨주었다. 언제나 아몬드가 박힌 똑같은 밀크초콜릿이었지만, 불평할 처지가 아니었다. 매일 저녁 나는 널찍하고 딱딱한 다다미 위에 누워 작은 구름처럼 냉랭한 공기 속을 헤치고 올라가는 입김을 바라보며 조심스럽게, 지금 여기 바로 이 순간에 온전히 집중하며, 초콜릿 한 상자가 텅텅 빌 때까지 아몬드가 박힌 초콜릿을 빨아 먹었다. 그렇게 나는 마음을 달랠 수 있었다. 그러고 나면 그 어떤 것과도 (거의) 별 탈 없이 지낼 수 있었다. 정확히 새벽 2시 30분에 우리를 깨워 명상의 길로 내모는 그 쨍한 종소리마저도. 나는 저녁이면 초콜릿 한 상자를 받을 수 있다는 희망으로 끝까지 견뎠다.

초콜릿이 주는 위로 덕분에 우리는 때때로 실패와 좌절, 근심을 잊기도 한다. 그런 의미에서 나는 삶의 모든 좌절과 고통을 예방하는 차원에서 미리 초콜릿을 먹어도 된다고 생각한다. 그렇게 된다면 초콜릿을 먹고 마시는 것에 더는 제한을 두지 않아도 될 것이다. 물론 너무 많은 칼로리를 섭취하는 것은 곤란할 테지만. 그리고 아동을 노동에 투입하거나, 거대한 코코넛 농장으로 환경을 파괴하는 등 정치적인 이유에서 피해야 하는 특정 제품도 제외해야 할 것이다. 이젠 아무것도 간단하지가 않다. 하다못해 초콜릿 하나 먹는 것도 말이다. 그래도 한 개 정도는, 조그마한 것 한 개 정도는 괜찮지 않을까. 물론 다크초콜릿으로 말이다.

양배추,

가장 독일적인

Cabbage

양배추만큼 독일적인 것은 없을 거다. 아주 오래전, 겨울만 되면 집집마다 양배추 썩는 냄새가 진동했다. 정말 견딜 수 없는 냄새였다. 그 냄새는 추운 계절 사방을 꽁꽁 닫아두어 탑탑하고 습하던 실내 공기, 축축한 순모 양말, 서리 낀 창문, 그리고 신선한 공기와 햇살 가득한 계절을 몸서리치게 그리워하던 시간들까지 떠오르게 했다. 냄새가 특히 지독했던 건 서리 한 번에 맥없이 상하여 끈적거리는 그륀콜, 즉 케일이었다. 그륀콜 운트 핑켈Grünkohl und Pinkel•은 독

◦ 거칠게 빻은 보리가 들어간 훈제소시지 핑켈에, 삶거나 볶은 케일을 곁들인 요리. 일반적으로 '콜 운트 핑켈'이라고 부른다.

일 북부 지역 사람들이 좋아하는 요리다. 어린 나에게는 뭉그러진 케일 때문에 맛도 맛이지만, 시각적으로도 '모욕적'으로 느껴졌다.

양배추로 만든 요리는 내가 좋아하던 양배추롤*밖에 떠오르지 않는다. 양배추롤이 식탁에 오르면, 먼 데서도 양배추롤 냄새를 맡을 수 있었다. 그 후, 겨울에도 가게마다 신선한 과일과 채소가 점점 더 많은 자리를 차지하게 되었다. 그러자 이 냄새는 독일에서 사라졌다. 베이징에 갔을 때 나는 뜻하지 않게 다시 이 냄새의 습격을 받았다. 베이징에선 겨울이면 이른바 중국 배추라고 하는 배추를 산더미처럼 발코니에 쌓아두었다. 어떤 마트에 가든 마트 곳곳에 배추가 도저히 정복하기 힘든 산처럼 무더기로 쌓여 있었다. 중국 중부의 한랭지대는 겨울철만 되면 일종의 배추 성지처럼 변한다. 이 모든 걸 능가하는 건 한국밖에 없다. 한국에선 지구상이든, 아니면 다

* 다지거나 저민 고기를 양배추 잎으로 말아 주로 오븐에서 구워 낸 요리

른 행성이든 간에 김치 없는 삶은 있을 수 없다고 믿는다. 거의 3천 년 전부터 그래 왔다. 근래에 김치는 한국의 문화재로 격상되었다. 집집마다 대대손손 내려온 김장 비법이 있다. 그리고 다 함께 모여서 김치를 만들다 보면 '정'이 생기게 된다. 교감, 감정, 나눔 등 모든 인간적인 것 말이다. 어쩌면 김치야말로 정치적인 긴장 상태에 필요한 레시피가 아닐까? 그냥 다 함께 모여 김치를 만들어보는 건 어떨까.

매운 홍고추를 엄청나게 붓고 버무리는 것 또한 꼭 유치원에서 손가락 그림을 그릴 때처럼 재미있다. 동시에 우리는 이것들이 모두 어우러져 발효라는 놀라운 변화 과정을 겪기 때문에 김치의 유산균이 강력하다는 것도 이해하게 된다. 결과적으로 오래 발효할수록 좋은 김치가 된다. 김치 속에 있는 비타민이 시간이 지나면서 더욱더 증가하기 때문이다. 잘 익힌 김치는, 그러니까 그 무엇도 넘볼 수 없는 탁월한 음식이다.

얼마 전 넷플릭스에서 한국의 한 비구니가

아주 편한 모습으로 '지금 그리고 현재'에 충실하며 커다란 오지항아리에 그녀만의 방식으로 김치를 담는 모습을 볼 수 있었다. 우리도 자우어크라우트Sauerkraut•의 재료를 손질하고 조리할 때, 그 작업 과정에서 펼쳐지는 다양한 세계를 그 김치 프로그램처럼 철학적이고 편안하게 볼 수 있는 날이 언젠가 오지 않을까? 김치처럼 메가급 인기를 누리지 못할 뿐, 원리는 김치랑 똑같으니까 말이다.

우리가 적양배추의 가운데를 잘라서 현기증이 날 정도로 아름다운 보라와 흰색의 채색을 연구하여, 차원분열도형인 프랙탈Fractal과 카오스 이론에 관한 몇 가지를 설명할 수 있을지 누가 알겠는가. 고약한 냄새를 풍기던 그 옛날 우리의 그륀콜만 해도 지금 엄청나게 '힙'한 케일이 되어 우리와 다시 만나게 되지 않았는가. 기적의 음식으로 인정받으며 캘리포니아에선 말도 안 되게 비싼 케일-칩과 케일-스무디

• 독일식 김치라고도 할 수 있는 양배추 절임

로 가공되어 팔릴 정도로 말이다.

전부 다 지난 시절의 양배추, 혹은 양배추에 얽힌 선禪과 카오스 그리고 경이로움에 관한 이야기이다. 지금은 나도 양배추를 먹는다. 그것도 제대로 즐겨 먹는다. 필립공은 영국의 여왕인 그의 아내를 '양배추Cabbage'라고 다정하게 불렀다고 한다. 이보다 더 애정 어린 찬사는 없을 것 같다. 그렇지 않은가?

음식과 철학 그리고
독일식 감자부침개

Kartoffelpuffer

한 가지 혹은 똑같은 음식이 어떻게 세계 곳곳에서 다양하게 변형되어 다른 이름으로 발견될 수 있는지, 그런 것을 볼 때마다 늘 흥미롭다. 어린 시절엔 카르토펠푸퍼Kartoffelpuffer•라는 감자부침개를 자주 먹었다. 내 기억이 정확하다면 이 부침개는 신선한 감자를 간 것이 아니라, 시판용 부침가루로 부친 것이었다. 감자부침개를 미친 듯 좋아했던 우리 자매는 어머니가 아무리 빨리 부침개를 부쳐도 걸신들린 듯 먹어치웠고, 어머니는 그 속도를 도저히 맞출 수

• 감자를 갈거나 곱게 채쳐 팬에 구운 독일식 감자부침개. 우리나라 감자전과 흡사하다.

없었던 것이다. 나중에는 다이어트를 이유로, 기름진 감자부침개를 멀리할 수밖에 없게 되었다.

바이어른에선 감자부침개를 '라이버다치Reiberdatschi'라고 부른다. 야외식당에 가면 메뉴판에서 이 감자부침개를 볼 수 있다. 크리스마스 대목장에도 감자부침개가 있다. 하지만 나는 이 부침개에는 손도 대지 않았다. 그러고는 스위스로 겨울여행을 가서 뢰스티Rösti•와 죽도록 사랑에 빠졌다. 산 공기를 쐬었으니 어린 시절에 먹었던 감자부침개보다 뢰스티가 훨씬 더 건강에 좋다고 생각했던 것 같다. 나는 뢰스티 전용 오리지널 채칼과 프라이팬을 구하여 집에서 삶은 감자와 생감자를 섞어서 뢰스티 만들기에 도전했다. 그 결과 뢰스티를 만들 때는 무슨 일이 있어도 너무 빨리 판을 뒤집으면 안 되고, 반죽에 달걀을 섞어서도 안 된다는 걸 배웠다.

미국에선 '해시브라운'이라는 이름으로 뢰스

• 감자를 채 쳐 둥글게 후라이팬에 구워낸 스위스식 감자부침개

티를 만났고, 유대교식 빛의 축제인 하누카Hanuka° 기간 중엔 전통적인 유대교 축제 음식인 라트카Latke°° 를 알게 되었다. 라트카는 생감자와 양파, 달걀, 그리고 내 생각이긴 한데, 약간의 바이어른식 빵가루도 들어간 것 같다. 물론 이 부분에 관해선 격한 토론이 벌어진다. 맹세코 녹말가루라고 확신하는 사람들이 있는가 하면, 맛초Matzo°°° 부스러기이거나 맛초가루, 아니면 채 친 감자를 눌러서 나온 전분물이 틀림없다고 주장하는 사람도 있다. 풍성한 기름에 구워 바삭거리는 라트카는 사워크림과 애플무스를 곁들여 내는데, 놀랄 만큼 맛있다. 빵가루를 둘러싼 토론 중 우연히 인터넷에서 정말 굉장한 행사를 발견했다. 주로 유대인 교수들이 나와 자신들의 맹렬한 토론 욕구

° 기원전 2세기부터 내려오는 유대교 축제 중 하나. 시기상 11월~12월 사이 8일간 지식과 창조를 상징하는 금 촛대를 8일간 밝힌다.

°° 간 감자 등으로 만든 유대식 감자 부침개. 다른 감자부침개에 비해 한입 크기 정도로 작게 부치는 것이 특징이다.

°°° 누룩을 넣지 않은 빵

가 지닌 상투성을 조롱하는 재미있는 행사였다. 미국의 한 대학교에서 매년 열리는 이 행사는 '라트카 아만타스Hamantash° 토론대회'이다. 이 대회에서 교수들은 – 그들 중에는 노벨수상자들도 많다 – 학문적인 격렬함과 많은 유머를 구사하며 라트카나 아만타스의 장점을 논한다. 아만타스는 자두잼으로 속을 채운 발효쿠키로, 전통적으로 부림절°°에 먹는다. 이 토론대회는 1946년부터 이어져 왔으며, 지금까지 우승자는 단 한 명도 없었다. 매우 설득력 있는 강연이 이어졌는데도 불구하고 말이다. 한 물리학과 교수의 '라트카와 과학의 역사 : 잘 구워진 라트카를 보며 깊은 명상에 잠기지 않았더라면, 케플러는 과연 행성이 타원형을 그리며 태양의 주위를 공전한다는 것을 발견

° 삼각형 모양의 쿠키. 만두를 빚듯 반죽 속에 과일이나 치즈, 양귀비 씨 등을 넣은 다음 가장자리의 반죽은 삼각형 모양이 나오도록 세 방향에서 안으로 살짝 꺾어 소가 그대로 드러나게 한다.

°° 퓨림절이라고도 한다. 매년 3월 1일에 행하는 유대인의 연례축제. 유대인을 죽이려던 하만이 오히려 하느님의 도움으로 죽임을 당하고 유대인은 살아남아 역전의 날을 기념한다.

할 수 있었을까?'라는 주제의 강연과 한 철학과 교수의 '라트카의 신격화'와 같은 강연처럼 말이다. 이 강연에서 교수는 플라톤의 다이어로그Dialoge°가 원래는 플라톤의 다이어라트카Dialatkes°°였다고 논했다. 작년엔 '라트카는 어떻게 우리 행성과 우리 사회, 우리의 뇌를 파괴하는가, 그리고 아만타스는 어떻게 우리를 구원할 수 있는가'와 같은 강연도 있었다. 전부 다 유튜브에서 찾아볼 수 있다. 커다란 접시에 카르토펠푸퍼, 라이버다치, 뢰스티, 라트카를 담아놓고 먹으면서 이 유튜브를 본다면 더할 나위 없이 좋을 듯하다.

° 국내에선 《플라톤의 대화편》으로 번역

°° 접두사 'Dia'는 무엇을 통해서, 무엇을 가로질러 같은 의미를 지닌다.

닭과 인간에 관하여

아침 식탁에 오른 달걀을 가만히 살펴보다 보면, 이 달걀을 낳은 어미 닭은 어떻게 살고 있을까 궁금해진다. “닭이 되고 싶어, 닭이었으면 좋겠어. 그럼 할 일도 별로 없을 텐데. 나는야 닭. 날마다 달걀 한 개를 낳는다네. 일요일엔 두 개나 낳는다네.” 아버지가 샤워하시며 부르던 노래이다. 나는 독일에 있는 모든 닭이 한목소리로 깊은 한숨을 내쉬는 걸 듣는다. 닭의 삶은 소름끼치도록 끔직해졌다. 우리가 닭의 생육 환경에 무관심해지기 시작한 이후부터. ‘유기농 닭’이라고 해서 크게 나을 것도 없다. 왜 우리는 몇십 년이 흐르도록 칸칸이 쌓아 올린 닭장과 병아리

분쇄기를 두고만 보고 있을까? 뭐가 잘못된 걸까? 제정신이긴 한 걸까?

달걀 한 알은 하나의 기적과 같다. 달걀처럼 완벽한 식품은 거의 없다. 내용물은 물론이고 껍질까지. 그런가 하면 달걀을 먹는 방법으로 그 사람의 성격도 짐작해볼 수 있다. 달걀을 어느 정도로 익혀서 먹는가? 완숙으로, 아니면 부드러운 반숙으로? 완숙 달걀을 먹는 사람은 위기에 막연한 두려움을 갖고 있다. 삶은 다음 달걀이 흐물거리는 위험을 무릅쓰느니 차라리 10분간 달걀을 완전히 삶아버리고 만다. 반숙으로 먹는 사람은 아주 섬세하고 예민한 사람일 수 있다. "내가 4분이라고 말했잖소, 4분 30초가 아니라!"° 달걀에 얽힌 로리오트Loriot의 저 유명한 장면을 잊을 사람이 있을까? 그러니까 일찌감치 알아보는 거다. 이 사람이 에그 토퍼로 한 번에 껍질을 까는가? 수저로 여러 번 두드려 껍질을 까는가? 토퍼로 달걀

° 독일의 유명한 코미디언이자 배우, 영화감독이며 만화가, 작가로 활동했던 로리오트의 만화에 나오는 유명한 대사

달걀을 까먹는 사람은 결단력은 있으나, 약간 무정한 면이 있다. 두드려서 껍질을 까는 사람은 그에 비하면 단호한 편이 아니다. 아마 소심한 겁쟁이일지도?

달걀프라이의 경우엔 오래 굽는 사람과 살짝만 굽는 사람으로 나뉜다. 오래 굽는 사람은 참을성이 있다. 가장자리가 딱 맞게 노릇노릇해지려면 얼마나 많은 시간을 들여 달걀을 구워야 하는지 번번이 놀라면서도 그걸 해내니까. 살짝만 굽는 사람은 스트레스를 쉽게 받는 편이다. 스크램블드에그에 관한 부분은 너무 다양해서 종교전쟁 급으로 번지기 쉽다. 우유를 넣는가? 넣지 않는가? 탄산수를 넣는가? 생크림을 넣는가? 거품이 생길 때까지 젓는가? 아니면 미끈거리는 상태로 두는가? 그 후엔 또 얼마나 촉촉해야 하는가, 아니면 얼마나 물기가 없어야 하는가? 등 중요한 문제가 남는다.

어릴 시절 기억에 남는 아름다운 순간 중 하나는 방과 후에 어머니가 스크램블드에그를 해주시던 때였다. 어머니는 당연히 버터를 넣으셨다. 그때까지 버터는 아무런 죄가 없었다. 이제와서야 버터는 구석에 쭈그러져 있던 오랜 시간을 뒤로하고 다행히 제자리를 찾았다. 어머니는 완벽한 스크램블드에그에 도가 트신 분이었다. 어머니의 스크램블드에그는 약간 촉촉한 기운이 가시지 않고 크림처럼 부드럽지만, 그렇다고 너무 거품을 내어 식감이 떨어지지도 않았다.

미국에서 달걀프라이를 주문하는 걸 듣고 있으면 마치 영화 제목을 듣는 것 같다. 에그즈 오버 이지Eggs over easy°라든가 써니 사이드 업Sunny side up°°처럼 말이다. 써니 사이드 업은 흐리고 꿀꿀한 날 딱 필요한 프라이다. "해 쪽이 위로 오도록 부탁해요."°°° 이 말만으로도 이미 행복해지지 않는가.

한때 잠시나마 닭과 함께 행복한 한겨울을

° 노른자 위의 속은 익히지 않고 프라이 앞뒷면 양쪽의 흰자위만 살짝 익힌 달걀프라이
°° 팬에 닿은 아랫면만 굽고, 윗면은 반숙 상태로 구운 달걀프라이
°°° 'Sunny side up'은 독일어로 남쪽, 인생의 화려한 면, 양지를 뜻한다.

보낸 적이 있다. 갈색을 띠어서 '브라우니'라고 불리던 닭이었다. 겨울이 되어 닭장 안이 추워지자, 나는 브라우니를 집 안으로 들여왔고 온 집 안을 도배하다시피 신문지를 깔아놓았다. 그때부터 브라우니는 저녁마다 나와 나란히 소파 위에 앉아 TV를 보았고, 가끔 TV 소리에 맞장구치듯 꼬꼬댁거리기도 했다. 암탉인 브라우니는 액션 장르를 좋아하지 않았다. 브라우니처럼 진득한 시청자는 웬만해선 찾아보기 힘들었다. 브라우니는 일요일에 두 개는커녕 하루에 한 개의 달걀도 제대로 낳지 못했다. 가끔 브라우니는 마치 "자, 널 위한 거야. 너만을 위한 거야"라는 제스처처럼 나에게 달걀을 한 개씩 선물해 나를 놀라게 했다. 그러던 브라우니가 갑자기 선물하기를 멈추었을 때, 나는 사뭇 감정적으로 받아들였다. 내가 말실수를 했나? 아님 뭘 잘못했나? 옆집에 살던 농부 아주머니는 이 닭이 '복에 겨워' 더는 알을 낳지 않는 거라는 판단을 내렸다. 나는 브라우니가 행복하지 않고 우울증에 빠져서 그런 거라고 응수했다. 아주머니는 곧바로 차가운 물이 담긴 양동이에 브라우니를 넣었다 뺐다. 이 방법은 도움이 되었다. 브라우니는 다시 알을 낳았다. 나는 브라우니를 잘 이해한다. 가끔은 나도 '복에 겨워' 게으름을 피울 때가 있으니까. 그것도 상당히. 그러면 그냥 아무것도 하기 싫다. 이제 나는 알고 있다. 찬물에 샤워를 하는 게 도움이 된다는 걸.

온 우주를 담은 한 잔

나는 결코 차를 즐기는 사람이 아니었다. 일본에 가기 전까지는 말이다. 한여름 더위에 금방이라도 쓰러질 듯 진이 빠질 때면, 늘 한잔의 녹차가 마법의 음료처럼 나를 구해주었다. 무엇과도 비교할 수 없는 그 빛깔, 그 향기! 나는 한숨도 잘 수 없을 정도로, 혹은 잠이 오지 않을 정도로 차를 많이 마셨다. 그리고 뮌헨에 막 돌아왔을 땐 겐마이차(현미 녹차)와 센차(전차煎茶)•, 맛차••를 구별할 수 있다고 큰소리를 쳤

◦ 녹차 잎을 증기로 찐 다음 손으로 비벼서 바늘처럼 가느다랗게 만들어 건조하는 과정을 세 번 반복하여 만든 녹차. 상큼한 향 때문에 일본인들에게 가장 사랑받는 차다.

◦◦ 말차抹茶. 말 그대로 가루 녹차

다. 대나무 숲속에 숨어 있는 찻집을 떠올릴 때면 마음 가득 환희와 그리움이 밀려왔다. 찻집에선 노부인들이 조그만 대나무 거품기를 능숙하게 휘저어 맛차에 완벽한 거품을 낸다. 매혹적이고 아름다운 찻잔에 차를 담아 내오는데, 거기서 그치지 않고 이따금 작은 금박 잎을 띄워서 내올 때도 있었다.

일본의 차茶 문화는 온 우주를 묘사한다. 깊이를 헤아릴 수 없는 온 우주를. 이 문화는 낯선 사람에겐 무척 소외감을 느끼게 한다. 나 같은 사람은 그럴 수도 있다는 것이다. 예를 들어 다도茶道만 해도 그렇다. 다도 예식은 존재의 덧없음과 허무함을 생생하게 보여준다. 우리의 시간은 흘러간다. 탈주는 없다. 주의를 기울일 때 경험하는 찰나의 순간에만 깨달음이 온다. 이론은 대체로 그렇다.

《계몽시대Erleuchtung garantiert》° 영화를 찍으려고 촬영차 한 사찰에 머무르던 어느 날, 아침 명상(이

° 도리스 되리가 감독한 2000년도 개봉작

건 새벽 3시에 시작한다!)을 마쳤을 때 그날 다도 의식이 있다는 알림을 듣고 다들 놀랐다. 우리는 추운 사찰에서 뜨거운 차를 마실 생각에 기뻐하며 방석에 편하게 앉았다가, 즉시 제대로 무릎을 꿇고 앉으라는 엄한 경고를 받아야 했다. 정좌 자세로 앉으라는 말이었다. 불과 5분 뒤 이 자세는 나에게 지옥과 같은 고통을 안겨주었다. 의식이라기보다는 인생길을 도해하듯 보여주는 다도 의식은 한 시간에서 여섯 시간까지 걸리며, 참여한 사람들이 공간과 시간의 협소함을 잊게 하고, 긴장이 풀린 기분 좋은 상태로 이끈다고 한다. 혹은 기분 좋은 이완 상태로. 두 상태 모두 느낄 수 있다면 가장 좋겠지만, 나로선 도무지 엄두도 나지 않았다. 내면의 고요와 평정심에 도달한다는 목표에서 나만큼 멀리 떨어져 있는 사람은 없었다. 초 단위로 흐르는 시간을 느끼면서 자리를 박차고 일어나고 싶었다. 그리고 세 살짜리 어린아이처럼 다다미 바닥에 몸을 던지고 울부짖고 싶었다. 그 빌어먹을 차는 언제 나오는 거냐고요? 대체 그걸 언제 마실 거냐고요? 제발, 제발, 이 지옥 같은 고통은 이제 그만 끝내주세요! 차 마이스터는 무용하듯 신중하고 조심스럽게 움직이며 나에겐 고문 그 자체로만 여겨지는 그의 기예를 보여주었다. 마침내, 드디어, 쪼그만 찻잔을 입술에 댈 수 있게 되었을 때 나는 그간의 고통과 초조한 기다림, 그리고 분노에 시달린 나머지 지칠 대로 지쳐 더는 아무 맛도 느낄 수 없었다. 그때부터 나는 매일 아침 다도 의식을 맞게 될까 봐 두려움에 떨었다.

그 후로는 그런 의식에 초대받는 일은 멀찍이 피하게 되었다. 그러나…… 지금까지도 녹차를 마실 때면 커피보다 확실히 더 집중해 마신다. 무릎을 꿇지 않고 마실 수 있다는 사실에 기뻐하며.

피시 프리스트를

아시나요?

가끔 나는 내가 죽은 후 사는 동안 먹었던 동물이 모두 내 앞에 서서 비난에 찬 눈길로 나를 바라보는 모습을 상상하곤 한다. 수많은 닭과 거위, 오리, 소, 돼지는 물론이고, 스위스에서 온 영계 한 마리, 멕시코에서 날아온 매미 몇 마리, 수많은 개미와 애벌레, 베트남에서 온 뱀 한 마리, 수많은 토끼와 양, 캥거루 한 마리, 심지어 타조 한 마리, 수많은 사슴과 노루, 핀란드에서 소시지구이로 상에 올랐던 순록까지. 그다음 섭조개와 딱새우, 보리새우, 가재, 그리고 물고기까지 전부 다.

물고기는 정말 많다! 어릴 때 나는 진짜배기

생선은 식탁에서 한 번도 본 적이 없었다. 생선은 늘 피시스틱° 아니면 으깬 감자나 절인 양배추와 함께 요리하는 피시아우프라우프Fischauflauf°°로만 식탁 위에 올랐다. 아버지가 청어를 좋아하시긴 했지만, 몸통째 커다란 생선을 본 건 기억나지 않는다. 성탄절 상에 올리는 잉어 요리도 우리 집엔 없었다.

대신에 나는 물속에서 사는 물고기에 관해선 곧잘 알았다. 아버지가 가족들과 스노클링 하는 걸 좋아하셨기 때문이다. 아버지는 다섯 여자의 끊임없는 수다에 시달리셨다. 하지만 물속에서 함께 보내는 시간만큼은 정말이지 고요했다. 그렇게 우리는 여름방학 내내 머리에 수경을 두른 채로 보냈다. 속이 훤히 보이는 투명한 게가 뽐내듯 이리저리 돌아다니는 걸 보는가 하면, 나를 빤히 보면서 조심스럽게 내 몸을 갉작이던 호기심 많은 물고기와, 나를 피하려고

° 대구와 같은 흰살생선의 살만 저며서 스틱형으로 만들고 미리 튀김옷을 입혀 튀긴 상태로 판매하는 냉동식품
°° 오목한 도자기 그릇에 흰살생선 토막을 담고 화이트소스와 치즈를 얹어 오븐에 찌고 굽는 요리

마법처럼 방향을 바꾸던 거대한 물고기 떼도 보았다. 이 물속 세상이 너무 경이로워서였을까. 내 접시에 올라오던 피시스틱과는 도저히 연결해서 생각할 수 없었다. 대학생 땐 슐렘머필렛Schlemmerfilet•을 좋아했는데, 왜 그랬는지 지금 와선 알다가도 모르겠다. 야외 맥줏집에선 말린 생선 꼬치구이를 먹었고, 그다음엔 슈타른베르크 호수에서 잡은 연어를 먹었고, 나중엔 당연히 스시도 먹었다. 평범한 스시를 위해 목숨을 부지해야 하는 모든 물고기여! 조식에 나오는 연어, 끔찍한 참치샐러드에 들어간 모든 참치여! 그래도 나는 살아 있는 물고기를 잡았던 적은 단 한 번도 없었다.

그런데 미국 여행에서 이 기록이 바뀔 뻔했다. 남편과 아이와 함께 작은 통나무 오두막이 있는 캐나다의 아주 작은 섬으로 소풍 간 적이 있었는데,

• 두께 3센티미터, 너비 11센티미터 이상의 뼈 없는 생선 살 위에 0.5센티미터 두께로 빵가루, 허브, 향신료, 튀긴 비계 등을 얹어 튀겨낸 생선 요리. 냉동식품으로 판매

일명 '낚시의 천국'이라는 섬이었다. 거대한 몸집의 낚시터 관리인이 우리를 섬으로 데려다주면서 생선 내장 같은 부속물은 별도로 모아두라고 신신당부했다. 곰을 유인하지 않도록 말이다. 그리고 물고기를 때려죽이는 데 쓰는 물건이라며 '피시 프리스트Fish Priest'라는 나무망치를 건네주었고 카누와 낚싯대, 미끼를 보여주었다. 그 후엔 우리 셋만 남았다. 우리는 단 한 마리의 물고기도 잡지 못했다. 일주일 내내. 물고기들은 바로 코앞에서 물 밖으로 튀어 올라, 우리를 빤히 보면서 씨익 웃어 보였다. 하지만 물지는 않았다. 절대. 단 한 번도. 우리는 일주일 동안 쌀과 콩만 먹었다. 그래도 나는 망치로 생선 대가리를 치지 않아도 돼서 내심 기뻤다.

사람들이 우리를 다시 데리러 왔을 때 우리는 그동안 모아둔 생선 쓰레기를 넘겨줘야 했다. 우리는 빈 쓰레기 봉지를 보여줄 수밖에 없었고, 사람들은 어리둥절한 표정으로 우리를 바라보았다. "물고기를 한 마리도 잡지 못했냐고요? 그럴 리가 있겠어요. 우리가요, 종교적인 이유에서 생선을 먹지 않거든요." 나는 아무 말이나 입에서 나오는 대로 말했다. 낚시터 관리인은 우리를 측은히 여기는 듯했다.

"나는 한 번도 피시 프리스트를 쓴 적이 없어." 물고기들이 비난의 눈초리로 나를 바라보면, 나는 물고기들에게 그렇게 말할 거다. 그럼 물고기들은 한숨을 푹 내쉬겠지. 나는 지금도 생선을 먹는다. 하지만 지금은 피시앱을 깔아서 유기농 라벨이 붙은 생선만 사고 대체로 민물고기를 먹으며 스시는 더는 (거의) 먹지 않는다. 도움이 좀 될까?

영화 촬영 현장의
간식 시간

새로운 영화 촬영 현장에 나갈 생각에 벌써 설렌다. 함께 촬영할 배우들과 촬영 팀, 그리고 이 빨간색 드레스가 정말 적절한 의상인가? 녹색이 더 낫지 않을까? 남자배우가 사흘째 수염을 안 깎은 걸로 할까, 아니면 이틀로 할까? 이 시점에서 이 대사가 적절한 대사일까? 카메라 위치는 알맞나? 같은 시시콜콜하게 결정해야 할 일도 고대된다. 그리고 엄청난 양의 먹거리 역시 빼놓을 수 없다.

먹거리 행진은 평소 내가 최대한 자제하는 버터 브레첼과 함께 이른 아침부터 시작된다. 촬영 장소에 도착하면 곧바로 영화팀의 배를 두둑이 불리는 것을 업으로 하는 매혹적인 케이터링 직원과 함께 케이터링 버스가 기다리고 있다. 없는 것 없이 모든 것을 갖춘 아침 식사에는 당연히 커피도 있다. 커피 없는 촬영 현장이 있을까? 생각도 할 수 없는 일이다! 우리는 언제나 커다란 보온병에 커피를 담아 촬영장을 돌아다닌다. 보온병의 레버를 누르고 금방이라도 우그러질 듯 얇은 플라스틱 컵에 커피가 흘러내릴 때마다 쪼로록, 쪼록, 쪼록 하는 소리가 난다. 이 소리가 나에게는 얼음이 얼 정도로 추운 날씨, 억수같이 쏟아붓는 비처럼 너무나 자연스러운 촬영 현장의 일부로 여겨진다. 비가 오고, 눈이 오고, 폭풍이 몰아치는 건 늘 있는 일이지만, 대개 현장에 사는 사람은 맹세코 아주 이례적인 날씨라고 말하는 법이다.

엄청나게 추위에 떨면 먹는 것도 아주 많이 먹을 수밖에 없다. 점심시간이면 창문에 김이 가득히 서린 버스 안에 쪼그리고 앉아 다시 본격적으로 때려 먹는다. 나는 점심을 많이 먹는 것에 익숙하지 않다. 촬영팀은 많은 인원이 모인 집단이다. 나는 이 집단

속에서 음식을 먹는 것이 최면을 거는 일처럼 느껴질 때도 있다. 촬영 현장에 있는 모든 이는 평범한 세계 바깥에서 아주 독자적이지만, 동시에 그 나머지 세계와 머리카락 한 올까지 같은 세계를 창조해야 한다. 규칙적으로 고도의 전력을 기울여야 하는 기술인 트랜스Trance• 상태에 빠지는 것이다. 이 트랜스 상태는 먹이를 필요로 한다. '그래서' 오후엔 대체로 달콤한 것이 나온다. 구미 베어, 스니커즈, 마르스, 하누타 등이 돌아가면서 나오고, 몇몇 케이터링 직원은 경탄할 정도로 맛있는 케이크를 굽는다. 나는 고마운 나머지 한숨까지 지으며 케이크를 받는다. 촬영이 끝난 뒤엔 기진맥진 지쳐서 사람들과 함께 바로 옆에 있는 술집에 간다. 하도 많은 음식에 익숙해져 최소한으로 주문해도 감자튀김 서너 접시 또는 모둠 치즈 한 판이 기본이다.

• 최면 상태나 히스테리 상태에서 나타나는 가수면 혹은 무아지경의 의식 상태. 바깥 세계와의 접촉을 끊고 깊은 명상 상태에 들어가 특수한 희열에 잠기는 것

현장 케이터링이 알려지지 않았을 땐, 오전마다 이른바 '조명 담당의 간식 시간'이 있었다. 어느 정도 돈이 모이면, 조명 담당이 그 돈으로 종종 엄청나게 고급스러운 뷔페 음식을 조달하는 것이다. 거기엔 늘 맥주가 있었다. 나는 사실 맥주를 잘 마시지 못했다. 일단 마시면 깊은 잠에 빠져버렸지만, 이렇게 잠든 15분은 최고의 행복을 선사했다. 나중에 나는 미국에 가서 이 관례를 가르쳐주려고 했으나 아무 성과 없이 끝나고 말았다. 이른바 술 내기 클래퍼 역시 그곳에선 이해하지 못했다. '술 내기 클래퍼'란 클래퍼보드Clapperboard인 슬레이트 표시판의 롤-테이크-신Roll-Take-Scene 숫자가 2-2-2처럼 동일할 때, 슬레이트를 치면서 이름이 호명된 사람이 저녁때 촬영장에 술을 쏘는 것이다. 하지만 한 사람을 그렇게 난처하게 하는 경우는 없었다. 현장에 있는 이들 모두 갹출했고, 온갖 술을 뒤섞어 샴페인 파티를 열었다. 전부 지난 이야기가 되었다. 영화 촬영에도 디지털 방식과 무미건조한 효과가 들어온 지 오래다. 그런데도 많이 먹는 것만큼은 여전하다. 놀라울 따름이다. 그 정도로 추위에 떨지는 않을 텐데 말이다.

두부를 위한 변명

“Tough men don’t dance.” 춤추기를 부끄러워하는 남자가 흔히 둘러대는 이 핑계는 다들 잘 알고 있을 것이다. 그렇다면 ‘터프한 남자는 두부를 먹지 않는다’라는 말은 어떤가? 사실 내가 아는 독일 남자들 중에 두부가 정말 좋아서 먹는 이는 거의 없었다. 채식주의자 중에도 없었다. 그들은 높은 육류 소비가 지구 멸망을 가속화하고 있다는 걸 알게 되면서 여러 정치적인 이유로 채식을 시작했다. 그럼에도 다이어트에 좋은 음식이라고 알려진 두부 앞에서만큼은 유보적인 태도를 보였다. 그들은 고집스레 두부 맛이 물에 젖은 고양이나 행주, 혹은 순모 양말 같다고 말한다.

유감스럽게도 두부의 맛에 관한 한 종종 그들이 옳다. 독일의 두부 요리는 대체로 맛이 없다. 아마도 제품이 다양하지 않고, 두부로 뭘 해야 할지 모르기 때문일 것이다. 아시아 지역에선 삼척동자도 두부가 아무 맛도 나지 않는다는 걸 안다. 그러니까 우리가 멍청한 거다. 이 점에선 남자들이 옳다. 하지만 바로 이 사실에서 출발하는 거다. 두부의 명예를 회복시킬 절호의 때가 온 것이다. 내 말은 지금 두부를 내어놓고 비너 슈니첼Wiener Schnitzel°이나 브라트부어스트, 혹은 기로스Gyros°°라고 거짓말을 하라는 뜻이 아니다. 아마도 더 기분 좋은 방법은 이런 것 아닐까. 남편과 아들, 혹은 연인에게 억지로 두부를 먹인 다음 세상 다정한 목소리로 이렇게 묻는 거다. "맛이 어때?" 두부를 먹은 그는 아무것도 모르고 "아주 맛있

° 오스트리아에서 유래되어 유럽 전역에서 퍼진 송아지커틀릿 요리

°° 그리스식 회전구이 요리. 그리스에선 주로 돼지고기, 닭고기, 외국에선 양고기나 쇠고기도 재료로 이용한다. 케밥과 비슷하다.

어"라고 대꾸하면 의기양양하게 이렇게 외치는 거다. "그거 두부였어!" 계획대로 잘되었는가? 아니라고?

그렇다면 이번엔 두부를 제대로 양념하여 조리하는 법을 배우거나, 아니면 당장 교토로 날아가 세계에서 가장 아름다운 두부 요리 식당에 가는 거다. 이 식당은 비취색의 호주 강가에 있는 아라시야마 숲속에 숨어 있다. 첫눈엔 그저 자그마한 '마녀의 집'처럼 보이는데, 그 지역 토산물로 만든 두부 요리로 유명하다. 아래로 강물이 흐르는 좁다란 나무 베란다에 앉아 있으면, 전식으로 간 생강을 올리고 소금을 살짝 친, 푸딩처럼 연하고 부드러운 연두부가 나오고, 뒤이어 '유바'라고 하는 놀랍도록 훌륭한 두부 이파리•에 여러 가지 채소를 얹은 전채요리가 나온다. 그런 다음 메인 요리로 도기 냄비에 끓여 먹는 두부를 넣은 따뜻한 국이 나오고, 마지막으로 두부 아이스크림이 나오는데, 최상급 요구르트 아이스크

◦ 두부를 만드는 과정에서 생기는 얇은 콩 단백질 막을 걷어내어 말린 것

림처럼 그렇게 부드러울 수가 없다. 한마디로 두부의 황홀경에 빠지는 거다. 이 맛은 그 무엇과도 비교할 수 없다. 마법처럼 신비롭다. 이 요리를 맛보고 나면 두부만 먹으려 할 것이다.

그래도 두부라면 무조건 거부하고 보는(!) 사람이 있다면, 여기 13세기 선禪의 대가인 도겐 젠지가 두부에 관해 남긴 말을 들어보시라. “두부 만드는 사람은 콩을 삶으면 두부가 된다고 생각한다. 먼저 콩이 있고, 나중에 두부가 있는 것으로 여긴다. 그러나 이것은 외부의 관점이다. 두부에 “네 예전 몸은 딱딱한 콩이었어. 지금은 예전의 네 몸과 완전히 다른 부드러운 몸을 갖게 되었지”라고 말한다면 두부는 이렇게 대답할 것이다. “말도 안 되는 소리. 콩은 콩이고, 두부는 두부이지.” ‘이것’이 ‘저것’으로 되는 게 아니라, 한 번에 하나씩만 있는 법이다. 이 원리를 우리의 일상에 적용시켜보자. 당신은 아무것도 될 수 없다. 단지 존재할 뿐이다. 찰나에서 다음 찰나로 이어질 뿐이다. 이전도, 이후도 없다. 항상 그대로의 모습으로 존재할 뿐." 그러니, 두부는 두부다. 맛있게 드시라. 아직도 확신이 안 서는가?

그렇다면 또 다른 두부 레시피 하나를 더 소개하겠다. 믹서기에 연두부 반쪽과 아보카도 반쪽을 넣고 섞는다. 이걸 얼굴에 바른다. 20분 후에 씻어낸다. 깜짝 놀랄 것이다. 피부가 아기 엉덩이 같다. 제아무리 두부를 싫어하는 터프한 사람이라도 두부처럼 부드럽게 만드는 놀라운 레시피가 아닐 수 없다.

놀이하는 인간,

놀이하는 문어

정말이지 유감스럽다. 내가 또 여러분이 좋아하는 식재료 한 가지를 망쳐놓을 것 같다. 나로서도 어쩔 수 없는 일이다. 나는 어떤 정보를 접한 후로 그동안 내가 무지했던 탓에 그것을 아주 오래 먹어왔다는 걸 깨달았다. 후회가 밀려왔다. 다름 아닌 문어, 오징어, 칼라마레 오징어, 크라켄 문어와 같은 것들이다. 동그란 튀김으로 상에 오르는데 누가 그 차이를 정확히 알겠는가. 나는 이 튀김을 너무너무 좋아했다. 가끔은 튀긴 고무 밴드를 먹는 것 같은 느낌이 들 때도 있었지만. 그래도 바삭거리는 튀김과 부드러운 속살의 감촉을 혀로 느끼며 하늘과 바다의 맛이

동시에 입안에 맴돌 때면, 그야말로 천상의 맛을 누리는 기분이었다.

나는 오징어과에 관한 더 많은 자료를 찾아 읽었다. 문어는 이 중에서도 지능이 가장 뛰어나다. 문어는 다리가 여덟 개인데, 그중 한 개는 생식 기관이 끝에 달려 있어 다른 것에 비해 길이가 길다. 문어는 심리적 상태에 따라 몸 색깔을 바꾼다. 기분이 안 좋을 때, 그리고 죽기 직전 매우 창백한 빛깔을 띤다. 반대로 기분이 좋거나 신이 날 땐 주위 배경과 똑같이 몸의 색깔과 문양을 바꾼다. 문어는 지루한 걸 좋아하지 않는다. 지루하게 있느니 어렵사리 돌려 닫은 병뚜껑을 능숙한 솜씨로 열며 노는 걸 더 좋아한다. 그 솜씨가 얼마나 능숙한지 주방 보조원으로 두고 싶을 정도다. 그런가 하면 수족관 벽에 빨판을 붙여 좁디좁은 수족관 뚜껑 틈새로 몸을 비집고 빠져나가기도 한다. 사람을 알아보기도 하고, 호불호도 아주 분명하다. 신이 나면 친구의 얼굴에 물을 분사하기도 한다. 이 부분을 읽었을 때, 나는 문어에게 반해버리고 말았다. 성인이 된 지 한참이 지난 나는 지금도 입 안 가득 물을 물고 있다가 옆 사람에게 내뿜는 장난을 친다. 그럴 때마다 배꼽이 빠질 만큼 웃는다. 세상에 나 같은 어른은 또 없을 거라고 생각했다. 그런데 문어가 나와 한통속이었다니! 녀석은 그저 놀고 싶었던 것이다. 이제 오징어류는 더는 먹을 수 없을 것 같다. 놀이를 즐길 줄 아는 존재 앞에서 나는 무장해제되고 만다. 놀이에는 아름다움이 있다. 아름다움이란 무의미하면서도 많은 노고를 기울여야 하는 것이다. 나는 아름다움을 전파하는 사람들도 놀이하는 사람들과 마찬가지로 우러러본다. 예를 들어 오랜 시간 공들인 요리를 보기 좋게 접시에 담아내, 먹는 이가 입으로 가져가기보다 카메라에 먼저 담고 싶게 만드는 사람들처럼 말이다.

그런 사람들 덕분에 나는 우연히 SNS에서 일본의 복어에 관한 포스팅을 볼 수 있었다. 복어는 뚜렷한 이유 없이 마치 무엇에 홀린 것처럼 지느러미로 이리저리 모래를 파헤친다. 일주일 내내, 온종일 쉬지 않고 모래를 파헤치는데 만다라 같은 아름답고 복잡다단한 문양을 만든다고 한다. 그러고는 조개로 마지막 장식을 한다. 나는 절대로, 절대로, 절대로 이런 물고기를 먹을 순 없는 거다. 미켈란젤로를 기름에 튀겨서 저녁식사로 먹어치우는 것과 다를 바 없는 거다. 그럴 순 없는 거다!

우리에게는 동물의 예술 작업에 대한 심미안이 전혀 없다. 그런 이유로 복어는 알아서 미리 대비했을 것이다. 복어는 독성이 매우 강하다. 일본에선 매년 복어 독에 사망하는 사람들이 발생한다. 하지만 식당에선 복어 살로 만든 요리, 특히 복어 간肝 요리가 별미로 손꼽힌다. 복어 요리는 '푸구'라고 하며, 복어 조리사 자격증을 따려는 사람은 그 전에 복어 전문 식당에서 2년간 요리 수업을 받아야 한다. 복어는 비교적 자기 자신을 잘 보호하고 있다고 생각했겠지만, 인간을 셈에 넣지 못했다. 그사이 품종 개량이 돼서 독성이 없는 복어가 나온 것이다. 불쌍한 복어. 그렇다고 해도 나는 복어를 먹지 않을 것이다. 복어가 그토록 공들여 만들어내는 그 무의미한 아름다움 때문에.

일본의 아스피린,

우메보시

다시 일본에 갔다. 전보다 좀 더 오래 머무르면서 영화 〈벚꽃〉°의 속편을 촬영했다. 그렇게나 오니기리를 좋아하고 스시와 국수도 좋아하지만, 길어야 4주쯤 지나면 고향에서 먹던 익숙한 맛이 그리워진다. 어떻게 식습관이 사람을 따라잡는 건지 신기하다.

도쿄 대형 백화점의 미식 코너에 가면 정말이지 세상 모든 식료품이 없는 것 없이 다 있다. 전부 엄선된 거라, 터무니없이 비싸서 거의 박물관에 전시된 유물 같다. 그 대신 기본적인 생필품은 길모퉁이

° 국내에는 〈사랑 후에 남겨진 것들〉이라는 제목으로 2009년에 개봉

마다 자리 잡고 있는 24시간 편의점에 구비되어 있다. 긴 업무를 마치고 퇴근한 직장인들은 이곳에서 간편하게 물건을 구입할 수 있다.

깨끗한 셔츠과 실크스타킹, 데오도란트, 차가운 녹차와 전자레인지용 간편식, 충전기 케이블, 성인 잡지나 고양이를 다룬 만화, 비타민 음료, 여름엔 다리에 붙이는 향기 나는 청량 패치, 겨울엔 휴대폰을 사용할 수 있도록 재단된 손가락 장갑, 말차가 들어간 초콜릿, 그리고 인터넷에 회자되면서 어느새 명물이 된 에그 샌드위치까지. 이 샌드위치는 얇은 우유식빵 사이에 마요네즈 달걀샐러드를 넣은 것이다. 너무 얇은 빵 때문에 일회용 티슈가 떠오르긴 하지만, 깊이는 없어도 잠시나마 기분 좋은 맛을 즐길 수 있다.

무라타 사야카의 《편의점 인간》[*]이라는, 편의점을 배경으로 하는 아주 아름다운 소설도 있다.

* 2016년 아쿠타가와상을 수상. 같은 해 국내에서도 출간되었다.

눈이 시릴 정도로 밝은 편의점은 서글픈 세상을 역설적으로 드러낸다. 이 서글픈 세상에서 사람들은 더는 요리를 하지 않는다. 그저 일만 할 뿐이다. 그리고 저녁이면 과로사로 죽지 않으려고 이빨 사이에 뭔가를 밀어 넣는다.

나는 편의점에서 발견한 무언가에 즉시 중독되고 말았다. 바로 소금에 절인 자두장아찌, 우메보시이다. 아니, 사실은 자두가 아니다. 살구에 가까운 매실로, 매실이 아직 푸른색을 띨 때 붉은 차조기 잎사귀와 함께 2년 동안 소금에 절여 발효시킨 것이다. 이 매실장아찌는 신맛과 짠맛이 동시에 난다. 절대로 흔히 맛볼 수 있는 맛이 아니다. 그래서 중독성을 지니는 모양이다. 이것은 한 개씩 먹어야 제대로 맛을 즐길 수 있다. 두 개 이상 먹으면 거의 삼킬 수가 없다. 삼키기엔 너무 짜다. 주먹밥에 넣어 싸거나, 쌀밥에 얹어져 먹기도 하고, 물 컵에 담갔다가 물만 마시기도 한다. 건강에 이루 말할 수 없이 좋다고 하여 일본의 아스피린이라고도 부른다. 우메보시는 설사나

부정맥에도 도움이 되고, 체내 외의 열을 다스리는 데도 효과적이라고 한다. 그래서 여름이면 우메보시 맛 사탕을 먹는다. 이 이색적인 맛의 조합은 우울한 마음을 날려버리고 엉덩이를 살짝 걷어차 지금 이 순간, 삶이 주는 묘미를 다시금 맛보게 한다. 그래서 어쩌면 저 끔찍한 편의점에 개당 80센트짜리 우메보시가 진열되어 있는 걸 거다. 스트레스에 시달리는 대도시 사람들에게 삶에는 일 이외에도 다른 무엇인가가 있다는 걸 깨닫게 하려고. 바로 우메보시가 있다는 걸.

괴테와 나폴리,
그리고 피자

어릴 적 나의 꿈은 혼자 오롯이 피자 한 판을 먹는 것이었다. 당시 우리 네 자매에게 허락된 피자는 최대 두 판이었다. 피자를 두고 세상 사람들을 나눈다면 딱 두 종류의 사람이 있다. 하나는 피자의 둥근 가장자리를 좋아하는 사람, 다른 하나는 피자의 가장자리를 남기는 사람. 나는 전자다. 내가 좋아하는 피자는 마르게리타 피자Pizza Margherita°이다. 마르게리타에 오르는 토핑 외에 다른 토핑은 전부 피자의 소박하고 깔끔한 아름다움을 방해하기 때문이다.

° 토마토와 모차렐라 치즈, 바질만을 올린 전형적인 나폴리 피자

어른이 된 후 나의 꿈은 피자의 본고장인 나폴리에서 피자를 먹어보는 것이었다. 이 꿈을 이루기 위해 나는 오랜 시간을 기다려야 했다.

피자는 제빵사 에스포지토Esposito가 1889년 6월11일 움베르트토 왕과 그의 부인을 위해 처음 구워냈다고 한다. 에스포지토는 이탈리아의 상징색을 지닌 붉은 토마토, 녹색 바질 그리고 하얀 모차렐라를 토핑 재료로 피자에 얹었다. 아마도 피자를 구운 건 그 혼자만이 아니었을 거다. 왕비가 무려 서른다섯 판의 다양한 피자를 왕궁으로 주문했으니까. 그녀야말로 피자 사랑꾼이자 '피자 배달'을 고안한 사람이었다. 솔직히 배달 피자는 절대 맛이 있을 수 없다. 싣고 오는 시간을 감당하지 못하는 거다. 배달 피자는 언제나 판 가운데가 흐느적거리고 가장자리는 물렁하다. 냉동 피자 역시 실망스럽기론 마찬가지이다. 나는 피자 구이용 석판과 철판으로 직접 피자를 굽는데, 가끔은 아주 그럴싸한 결과물에 엄청나게 흥분할 때도 있다. 물론 오리지널 피자는 아니지만.

그렇다면 이젠 나폴리다. 피자 가게마다 자기네 집에서만 유일하게 진짜 피자를 먹을 수 있다고 써 붙였다. 저마다 여왕의 피자 제빵사인 에스포지토의 후손이라며 말이다. 에스포지토 XXXMDII세가 위엄을 갖추고 나에게 "살베Salve!"•라고 인사한다. 아래위로 모두 흰색 옷을 갖춰 입은 모습이 병원 원장님을 생각나게 한다. 첫 번째 피자는 관광객용 피자에 걸려든 것 같은 기분을 선사했다. 두 번째 피자는 사랑에 빠졌거나, 술에 취한 제빵사가 만든 피자가 아닐까 하는 의구심이 들었고, 세 번째 피자에서 나는 진짜배기 나폴리 피자는 아주 부드럽고 두꺼우며 흐물흐물 힘이 없다는 걸 알아차렸다. 도무지 바삭거리질 않았다. 화가 난 나는 확실히 깨달았다. 로마 사람들이 굽는 로마식 피자는 진짜배기 피자가 아니구나! 이건 정말 예민한 문제다. 피자 가게 건너편에 있는 집 외벽의 글귀가 눈에 들어온다. "로마 메르다Roma

• 어서 오세요, 안녕하세요 뜻으로 쓰이는 이탈리아어

merda".°

나는 초등학생이 점심 휴식시간에 2유로 50센트를 내고 널찍한 피자 한 판을 산 다음, 커다란 행주처럼 피자 판을 척척 접는 걸 본다. 로마식으로 바삭하게 구운 피자로는 불가능한 일이다. 당장에 피자 판이 부러지고 말 거다. 꿈이 크면 실망도 큰 법. 나는 바삭거리는 피자에 대한 꿈을 포기한다. 네 번째 시도를 한다. 피자 위에 두텁게 바른 소스 속엔 황금빛 올리브 오일이 물결치며 웅덩이를 이루고, 아기 엉덩이처럼 뽀얀 모차렐라는 이슬에 젖은 듯 촉촉하고 신선하다. 싱싱한 바질 잎사귀에선 풍성한 바질 향이 난다. 나는 초등학생이 하던 것처럼 피자를 척척 접는다. 이제야 피자의 복합적이고 놀라운 맛의 세계가 펼쳐진다. 나폴리식 피자에 익숙하지 않은 사람은 이 피자를 먹은 다음 낮잠을 잘 필요가 있다. 피자를 먹은 뒤 나폴리의 봄 햇살을 받으며 낮잠을 자는 것. 여

° 똥 같은 로마 정도의 뜻

기까지가 진짜 피자를 즐기는 일이라고 생각한다. 끼룩끼룩 갈매기 떼 소리, 나폴리 사람들이 열띠게 토론하는 소리가 들린다.

"나폴리는 작은 천국이다. 모든 사람이 황홀경에 취한 듯 몰아의 상태 속에서 지낸다. 나도 마찬가지이다. 나 자신을 의식할 겨를도 없다. 완전히 다른 사람이 된 것 같다." 피자는 한 조각도 먹어보지 못한 괴테가 한 말이다. 나도 괴테와 같은 심정이다. 다만 피자로 배를 채웠다. 심지어 바삭거리지도 않는 피자로. 놀라울 뿐이다.

커피를 마시며
생각한 것들

나는 커피를 정말 좋아한다. 청소년 시절, 카로Caro* 커피에서 진짜 원두커피로 갈아타게 되었을 때, 스스로 꽤 자랑스러웠다. 커피를 마신다는 건 어른이 되었다는 뜻이었으니까. 에스프레소를 마시면서 내 자신이 세련된 사람이 된 것처럼 여겼고, 터키식 커피를 마시면서 코스모폴리탄(범세계주의자)이 된 것 같은 기분이 들었다. 여름엔 휘핑크림과 바닐라 아이스크림을 넣은 아이스커피가 있었다. 카푸치노에는 기본적으로 생크림이 같이 나왔다. 필터 커피는

* 구운 보리, 맥아 보리, 치커리, 호밀로 만든 카페인 프리 커피의 상표명. 네슬레 제품

리터 단위로 마셨다. 영화 제작사 사무실에서는 어떤 곳이든 커다란 커피머신에 커피를 내렸다. 그렇게 내린 커피는 몇 시간이고 저 혼자 뭉근히 끓어, 나중엔 어떻게 해도 끝을 알 수 없는 쓴맛을 냈다.

그러더니 언제부터인가 사람들이 갑자기 우유 거품을 넣은 이탈리아식 카푸치노를 마시기 시작했다. 카푸치노 두 잔을 주문하면서 '카푸치니'라고 문법적으로 정확한 복수형 어미를 구사할 때면 굉장히 교양있는 사람이라고 여겼다. 이제 나는 아침에도, 점심에도, 저녁에도 카푸치노를 마시기 시작했다. 이탈리아 사람은 도무지 이해할 수 없는 일이다. 이탈리아에선 12시면 카푸치노 타임이 끝나고, 이후부터는 에스프레소만 마신다. 카푸치노의 인기를 견인한 것은 '디 라테 마키아토Die Latte macchiato'였다. 정확하게는 여성명사 앞에 붙는 정관사 'Die'가 아니라 남성명사에 오는 정관사 'Der'°를 써야 맞지만, 독일

° 독일어에서 커피는 남성형 명사이다.

에선 Der를 붙이는 걸 별로 좋아하지 않는다. 그렇게 말하면 지적당하기 일쑤다. 미국에 있을 땐 멀건 꽃무늬 커피Blümchenkaffee* 때문에 불만이 많았지만, 무료로 제공되는 '리필Refill' 커피는 좋았다.

뒤이어 커피를 많이 마시면 건강에 해롭고 심장에 문제를 일으키며 주름살이 생긴다는 말이 회자되기 시작했다. 커피 소비를 절제해야 한다고 생각하기 무섭게, 길모퉁이마다 스타벅스 체인점이 들어섰다. 나는 체인점이라면 질색을 하면서도 가끔은 매장에 있는 보라색 소파에 느긋이 앉아, 종이컵 위에 적힌 맞춤법 틀린 내 이름을 보며 즐거워하곤 했다.

그러다 어느 순간 갑자기 커피를 끓이는 일이 바리스타 교육 과정을 필요로 하는 전문적인 일이 되었다. 얼마 전에야 겨우 스타벅스에선 가장 작은 사이즈를 'Tall'이라고 한다는 걸 알게 되었지만, 이제 곧 스타벅스의 시대도 막을 내릴 것 같다. 갑자기 사

* 커피 잔 속의 꽃무늬가 보일 정도로 묽은 커피를 가리키는 말

람들이 그동안 왜 그렇게 질 나쁘고, 터무니없이 비싼 커피를 마시려고 끊임없이 줄을 서왔는지 이해할 수 없게 된 것이다.

그러는 사이 우리는 조지 클루니가 멋지게 광고하는 캡슐 커피머신을 집집마다 한 대씩 모셔두게 되었다. 그러곤 일반 쓰레기봉투에 캡슐을 버리며 양심에 찔려 재활용 가능한 캡슐만 쓴다거나, 다 쓴 캡슐은 착실히 되돌려준다고 맹세한다. 하지만 캡슐 개당 가격을 고려해볼 때 이전보다 몇 배나 더 비싼 커피 값을 치르고 또 전 세계 알루미늄 생산을 부추기고 있다. 이 캡슐 커피도 앞서 했던 맹세를 실천하기도 전에 벌써 한물가는 분위기이다. 이젠 드립커피를 마시기 때문이다. 드립커피를 마시려면 화학연구실을 생각나게 하는 기계가 필요한데, 이 기계가 또 터무니없이 비싸다. 그런가 하면 최근엔 커피를 마시는 것이 심지어 건강에 좋다고도 한다. 물론 하루에 3~4잔까지만 마실 경우에 그렇다. 그럼 커피 잔의 크기는 얼마나 커야 할까? 커피 마시기가 점점 어려워진다. 이 참에 차茶로 갈아탈까 생각 중이다. 다도 의식만 없다면.

깨끗한 음식,

깨끗한 몸,

깨끗한 정신

내가 발견한 굉장한 체중 조절법과 식단에 관해 이야기해보겠다. 이 방법은 정말이지 건강하고 생태학적으로도, 윤리적으로도 권장할 만하다. 효과적인 체중 감량을 보장하고 전혀 수고롭지 않으며 비용도 거의 들지 않는다. 나의 비밀을 이야기하기 전에 지금까지 이어져 온 나의 길고 험난했던 식생활에 관해 짧게 이야기하고 넘어가겠다.

맨 처음 시작은 내가 유당을 분해하지 못하게 되면서부터였다. 이 증상으로 인해 나는 송아지에게로 돌아갈 우유를 빼앗지 않고 젖소를 굴욕적인 착유搾乳 과정으로 몰아넣지 않는, 보다 괜찮은 인간이 되었다. 상당히 고무적인 일이었는데도 성에 차지 않았다. 나는 곧 더 많은 걸 갈망하게 되었다. 먼저 지방을 끊었다. 그다음엔 설탕을 끊었으며 글루텐에 민감해졌다. 그리고 얼마 지나지 않아 여러 가지 윤리적 이유에서 채식주의자가 되었다.

채식주의자가 된 이후로 함께 사는 사람들이 고기를 먹는 모습에 심한 거부감을 느꼈다. 나는 냉장고를 따로 쓰고, 한 식탁에서 나와 고기를 먹는 건 포기하라고 요구했다. 우리는 한동안 생선을 먹었다. 물론 내가 캐슈Cashew 수프와 우뭇가사리 가루로 만든 치즈케이크를 상에 올리거나, 녹색 채소 스무디를 만들었을 때, 나 이외엔 뛸 듯이 좋아하는 사람이 없다는 사실을 확인하는 건 우울한 일이었다. 나는 거의 고립될 처지에 놓였다. 식단에서 탄수화물을 몰아내면서 저탄소화물 커뮤니티에 가입했고, 여기서 글루텐 프리 파스타를 먹지 않았다는 이유로 엄청난 호응을 얻었다. 삶에서 무언가를 계속 비워내는 것만큼 기쁜 것도 없는 것 같았다.

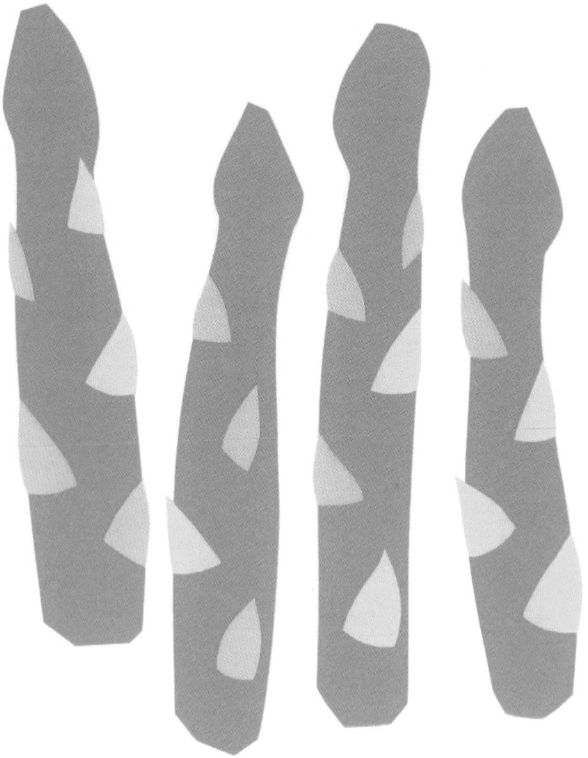

이는 먹는 것 이외에도 생활 전반에 영향을 주었는데, 일본에서 시작해 전 세계적인 반향을 일으킨 청소법에 관한 것이다. 비움은 나의 새로운 즐거움이 되었다. 게다가 클린 이팅Clean Eating°을 발견한 후로는 가공하지 않은 것만 먹었으며 조리한 것은 일절 입에 대지 않았다. 채소 정도만 먹을 뿐 과일조차 거의 입에 대지 않았다. (과일에도 탄수화물이 들어 있다!) 깨끗한 음식, 깨끗한 몸, 깨끗한 정신. (3박자가 갖춰진 셈이랄까.) 하지만 나는 곧 이것으로도 만족하지 못했다. 곰곰이 생각한 끝에 좀 더 수준을 끌어올리기로 했다. 먹느니 아무것도 먹지 않는 것이 더 나을 수 있다. 간헐적 단식은 나의 새로운 종교가 되었다. 특히 16 : 8 규칙°°이 그랬다. 함께 저녁을 먹는다는

° 자연과 가장 가까운 상태의 식재료를 있는 그대로 섭취하는 식습관 방식으로, 가공된 음식과 염분을 최대한 피하고 신선한 과일과 채소, 정제하지 않은 식재료를 섭취하는 것. 현정, 박현식 저, 《클린 이팅》(BR미디어) 참조

°° 잠자는 시간을 포함해 16시간 동안 공복 상태를 유지하고, 8시간 안에 정상적인 식사를 하는 간헐적 단식 방법

건 엄두도 낼 수 없었고, 그런 탓에 아무도 나와 함께 식사할 마음이 없었다. 나는 20 : 4로 단식 간격을 늘이다가 어느새 23 : 1에 이르렀다. 23시간 동안 음식 생각을 하다가 남은 1시간 안에 손에 잡히는 모든 것을 먹어 치우는 것이다.

하지만 나는 유당불내증에, 글루텐 민감성 체질이고, 클린 이팅을 하며, 채식주의자요, 생식生食을 하는 사람이기 때문에 닥치는 대로 먹는 것은 선택사항이 아니었다. 이쯤 되자 먹지 말아야 할 것을 일일이 기억하는 게 점점 더 어려워졌다. 그러던 중에 나는 완전히 새로운 섭생법을 발견했다. 사실 좀 엉뚱한 방법이긴 하지만, 나를 너무나도 행복하게 해준다. 존경하는 독자 여러분에게 열의를 갖고 소개하고자 한다. 재미로 읽어보시길 바란다. 요리 잡지를 보면 훌륭하게 조리한 음식을 멋지게 장식하여 찍은 훌륭한 고광택 요리 사진이 가득하다. 그 위로 몸을 숙인다. 고기가 나오든, 밀이나 유제품, 설탕, 지방, 혹은 몇 톤 단위의 엄청난 탄수화물 식품이 나오든

'그 모든 것' 위로 몸을 숙인다. 그리고…… 핥는다! 한 쪽씩 한 쪽씩. 천천히 그리고 집중해서. 처음부터 끝까지 잡지 전체를 통틀어 그렇게 한다. 벌써 몇 권째 그렇게 하고 있다. 나의 이 우스꽝스러운 방법의 결과는? 나는 극적으로 체중을 감량했고, 더는 내가 먹는 것으로 인해 우리 지구별을 더럽히지 않게 되었으며 상상만으로도 먹는 즐거움을 누린다. 굉장하지 않은가. 나는 잡지 한 권을 샅샅이 혀로 핥는다. 나는 행복하고, 너무 뿌듯하다!

위로의 맛,
포리지

Porridge

포리지Porridge[•]를 독일어로 번역하면 하퍼슐라임Haferschleim, 즉 귀리죽이다. 점액과 가래 등의 뜻도 가진 '슐라임Schleim'이라는 단어 때문에 끔찍하게도 질병이나 위궤양에 처방하는 롤링 치료법[••]처럼 들리기도 한다. 아마 귀리죽을 일부러 찾아서 먹는 사람은 없을 것이다. 나도 정말 오랫동안 그랬다. 영국의 6월 어느 날, 포리지를 사 먹기 전까지는. 비가 부슬부슬 내리고 뼛속까지 바람이 스며들던 날, 포리

◦ 영국에서 아침식사로 먹는 영국식 오트밀
◦◦ 롤링하듯 엎드린 자세를 자주 바꾸어 복용한 물약이 위 점막에 골고루 퍼지도록 하는 치료법

지는 너무도 위로가 되는 식사였다. 마치 작고 따뜻한 전기방석을 얻은 것처럼 그 느낌이 놀라울 정도로 오래 지속되었다. 나는 포리지의 팬이 되고 말았다. 그 후 포리지에 고소한 맛을 더하는 소금 한 꼬집을 잊으면 안 된다는 것과 무조건 우유와 함께 끓여야 한다는 것도 배웠다. 단백질과 만났을 때에만 포리지가 갖고 있는 건강에 좋은 엄청난 파워를 제대로 발휘할 수 있기 때문이었다.

그러나 특별히 건강하다고 인정받는 요리가 늘 그랬듯, 이런 상식도 시간이 흐르면서 의심의 눈초리를 샀다. 포리지가 생크림과 녹인 버터, 설탕을 듬뿍 넣으면 유난히 맛이 좋은 탓일 수도 있다. 혹은 제이미 올리버식의 간편 요리가 친숙해지고 써머믹스Thermomix와 같은 조리기구로 손쉽게 완성하는 요리 방식이 환영받는 분위기 탓도 있을 것이다. 아몬드우유, 귀리우유, 코코넛우유, 두유를 갖춘 '토털 비건'•이 있는가 하면, 인터넷에는 기존 레시피를 개량하여 올린 수백 가지 버전의 레시피가 있다.

그런데 이 새로운 버전의 레시피는 오리지널과는 비교도 안 될 정도로 복잡하다. 오리지널 버전처럼 단순해선 안 되는 모양이다. 아무나 그런 걸 만들어 올릴 테니까 말이다. 모두가 힙Hip하면 그건 더는 힙한 게 아니다. 포리지는, 말하자면 라이프스타일인 거다. 직접 해 먹을 수 없거나 해 먹기 싫은 사람은, 다양한 맛의 완제품 포리지를 사 먹으면 된다. 물론 터무니없이 비싼 가격을 주고.

포리지가 아직 힙하지 않고, 치아시드나 바베리, 켈리포니아산 아몬드 같은 것이 전혀 들어가지 않은 '건강한' 귀리죽을 날마다 먹어야 했던 시절이 있었다. 여기에 얽힌 웃지 못할 가족사가 하나 있다. 설탕은 아예 생각도 못 했던 때의 이야기다. 귀리죽의 맛은 너무나도 끔찍했고, 아버지와 그의 사촌은 귀리죽을 그릇째 들고 슬그머니 거실로 숨어들어, 거실에 있는 피아노의 뚜껑을 열고 그 안에다 귀리죽을

○ 상표명. 여러 종류를 갖춘 비건식 영양 음료나 분말

쏟아부었다. 아마 피아노를 거의 치지 않았기 때문이었던지, 이상하리만큼 오랫동안 아무도 그 사실을 눈치채지 못했다. 그 후 성탄절기가 되어 피아노를 치는 고모 한 분이 집에 오셨다. 그녀는 크리스마스인데 캐럴 정도는 불러야 하지 않겠냐며 들뜬 마음으로 피아노 의자에 앉아 건반을 쳤다. 하지만 아무 소리도 나지 않았다. 어찌 된 일인지 이리저리 살펴보던 사람들은 마침내 피아노 뚜껑을 열었다. 그리고 다들 경악하고 말았다. 피아노 속은 가장자리 바로 아래까지 이상하게 생긴 밝은 회색빛의 시멘트 덩어리 같은 것으로 꽉 차 있었다. 어렸을 때 우리는 이 이야기를 무척 좋아했고, 정말 자주 들었다. 누군가에게 다시 들려줄 수 있을 정도로 말이다.

아마도 젊은 시절 나의 아버지는 심정적으로는 스코틀랜드인이었던 것 같다. 포리지를 생각해낸 건 스코틀랜드 사람들이었으니까. 장작이 비싸고 귀했던 옛날, 사람들은 월요일에 엄청난 양의 포리지를 한꺼번에 끓여서 빈 서랍 안에 부어뒀다. 그러면 포리지는 돌처럼 딱딱해졌고, 사람들은 이것을 한 덩어리씩 잘라서 일주일 내내 먹었다. 맛이 어땠을까?

내 친구의 이름은
'콜라비'

유치원 때 '콜라비'라는 친구가 있었다. "그럴 리가 있겠니" 어머니는 말씀하셨다. "그 애 이름은 분명 콜라비가 아닐 거야." 나는 화가 나서 고집스럽게 말했다. "아냐, 걔는 콜라비야!" 어머니가 내 말을 못 미더워 할수록, 더욱더 내 말이 맞다고 확신했다. 나는 아주 정확히 알고 있었다. 그 여자애는 자신을 콜라비라고 했다. 가여운 그 친구의 이름은 당연히 콜라비가 아니었다. 그 애의 이름은 '가브리엘레'였다.

하지만 나는 그 애를 끝까지 콜라비라고 불렀다. 어쩌다 그 아이는 콜라비가 되었을까? 우리 집에선 점심때 콜라비를 자주 먹었는데 아마도, 그 탓일 게다. 콜라비를 쪄서 버터와 파슬리에 무쳐 먹거나 생으로 잘라서 간식으로 먹곤 했다. 나는 토끼의 마음을 잘 이해할 수 있었다. 콜라비 한 조각이 얼마나 달고 신선한지! 어린 나에게 콜라비는 아주 일상적인 음식이었다.

훗날 콜라비는 나의 삶에서 홀연히 사라졌다. 이유는 전혀 모르겠다. 아마도 유행이 지나갔던 모양이다. 입맛에도 유행이 있는지, 음식마저도 유행을 타다니 이상한 일이다. 한때는 하와이 토스트•가 사람들의 입맛을 사로잡더니, 그다음엔 갑자기 비트수프가 스포트라이트를 받았다. 오래 기다리면, 모든 것은 되돌아오기 마련인가 보다. 실제로 얼마 전 비로소 내 일상에 콜라비가 다시 찾아왔다. 나에게로 다시 오기까지, 콜라비는 일본과 페루를 거치는 길고 긴 여정을 감수해야 했다.

일본인 이민자들은 페루에서 일본 전통요리

• 햄과 치즈 등을 얹는 평범한 토스트와 달리 햄, 파인애플, 치즈를 얹어 구워낸 토스트를 말한다.

를 변형시킨 퓨전요리를 발전시켰다. 그들은 이 요리로 엄청난 성공을 거두어, 전 세계에 레스토랑을 열기 시작했고 마침내 독일에도 레스토랑이 열렸다. 이 식당의 메뉴판엔 전형적인 독일 채소인 콜라비가 등장한다. 콜라비는 영어도 콜라비, 스페인어도 콜라비라고 부를 정도로 독일적인 채소인 것 같다. 이곳에는 국수 가락 같은 콜라비를 미소된장 가루와 파마산치즈에 버무려 낸 페루-일본식 콜라비 샐러드가 있다. 이 샐러드는 한번 맛보면 잊을 수 없을 정도로 맛있다. 어떻게 이런 국수 가락 같은 생채를 만들어내는지 영원한 수수께끼이다.

요즘은 채소만 있으면 누들을 만들 수 있는 시대이므로, 나는 돌려깎기식 채소 슬라이서를 구입했다. 채소가 아니라 하마터면 내 열 손가락 끄트머리를 썰어낼 뻔했지만. 그래도 호박과 당근까지는 국수 가락처럼 뽑을 수 있었다. 하지만 콜라비는 억세게 고집을 부리며 틀 안에서 돌아가려 하지 않았다. 콜라비로는 어떻게 해도 국수 가락이 나오지 않았다.

정갈하게 잘라서 해봐도, 슬라이서에 딸린 보조기구를 모조리 사용해봐도 소용이 없었다. 부엌은 곧 건축자재 시장처럼 변했다. 나는 한동안 콜라비 누들을 만들어보려고 했지만 번번이 실패했다. 결국 동생이 국수기계를 끌고 올 때까지 말이다. 동생이 가져온 국수기계를 돌리자, 짜잔! 콜라비가 균일한 두께로, 끝없이 긴 담녹색의 국수로 변했다. 여기에 올리브오일을 뚝뚝 떨어트리고, 미소된장 가루와 갓 갈아낸 신선한 파마산 치즈를 풍성하게 뿌리자, 독일-일본식 콜라비 샐러드가 완성되었다. 콜라비는 계절에 상관없이 1년 내내 구할 수 있기 때문에, 앞으로도 당분간 콜라비에 대한 나의 열정은 식지 않을 것 같다.

그러고 보니 국수기계를 가져온 여동생도 유치원에 다닐 때 한 친구가 있었는데, 이름이 카멜하르Kamelhaar•라고 했다. 맹세코 그 아이 이름이 카멜하르라고, 다른 이름은 없다고 했다. 사람들이 조금이

◦ 낙타털을 의미하는 독일어

라도 그 말을 못 미더워하면, 나처럼 화가 나서 어쩔 줄 모르며 대성통곡했다. 그 불쌍한 아이의 진짜 이름은 무엇이었을까? 그 아이는 '파멜라'였다.

국수의 심오함

Noodles

요즘 독일 곳곳에 라면 가게가 우후죽순으로 생기고 있다. 가게마다 일본 왕실 보석 전시회라도 열린 듯, 사람들이 길게 줄지어 서 있다. 막상 일본에선 가장 평범하고 익숙한 음식이 라면인데 말이다.

일본 곳곳에는 자판기식당이 있다. 그곳에서 사람들은 국수를 먹을 수 있는 카드를 산다. 그런 다음 긴 바 테이블처럼 생긴 테이블에 서 있는 사람에게 말없이 카드를 건넨다. 그리고 긴 테이블로 가 다른 손님 옆에 앉는다. 그들은 마치 횃대 위에 앉아 있는 닭처럼 쪼그리고 앉아 순식간에 국수를 후루룩후루룩 국수를 흡입한다. 당시 꼬마이던 우리 아이에게

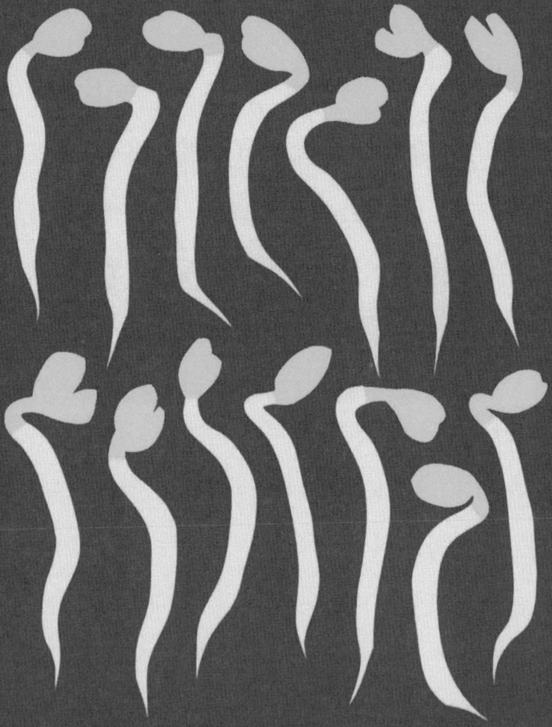

소리를 내며 국물을 마시는 건 별로 세련된 행동이 아니라고 가르치던 때, 마침 아이와 나는 도쿄의 한 레스토랑에서 아주 우아한 노부인 둘이 국수를 먹는 모습을 보게 되었다. 그리고…… 딸아이가 의기양양하게 말했다. "국물을 마실 때 큰 소리로 후루룩거리며 마셨어!"

일본에선 남녀노소 막론하고 국수를 즐긴다. 일반적인 국수로는 달걀 반죽으로 만든, 면발이 구불거리는 라면과 밀가루 반죽으로 만든 면발이 통통한 우동, 이렇게 두 가지를 꼽을 수 있다. 육수는 간장이나 미소된장 베이스를 넉넉히 풀어 짭짤하다. 어떤 육수가 최고인가는 입맛의 문제이다. 아무튼 모든 육수엔 다시마와 다랑어를 우려낸 상당량의 다시가 기본 밑간으로 사용된다. 내가 가장 좋아하는 것은 기츠네 우동이다. 기츠네 우동엔 삼겹살 조각 대신 커다란 유부가 곁들여 나온다. 약간 달짝지근한 두부 맛이 간간한 국물과 놀랍게 잘 어우러진다. 기츠네 우동은 '여우 우동'이라는 뜻인데, 일본에선 여우를 신으로 여긴다. 유난히 두부를 좋아한다는 여우가 이렇게 맛있는 유부 우동을 좋아하지 않을 수 없을 거다.

나는 1985년도에 개봉된 〈담뽀뽀〉라는 영화에서 라면을 처음 알게 되었다. 영화는 한 작은 국수 식당과 그 식당 주인이 세상에서 최고의 라면을 만들기 위해 분투하는 모습을 다룬다. 무엇이 최고의 육수일까? 최고의 건더기는? 무엇이 최고의 면발일까? 국물은 얼마나 뜨거워야 하고, 어떻게 해야 국수를 가장 맛있게 먹을까? 이 영화는 아주 재미있고, 서부 영화나 사무라이 영화를 생각나게 한다. 어떤 장면에선 한 노인이 라면에 대해 정확하게 안내해준다. 먼저 국수그릇을 잘 살펴본다. (고기)국물 위에 뜬 기름기, 쪽파, 국물 속에 서서히 가라앉는 미역을 살펴본다. 그다음엔 얇게 썬 돼지고기에 주의를 집중하며, 호감을 표하기 위해 젓가락으로 고기를 어루만지듯 쓰다듬는다. 그리고 돼지에게 사과하며 이렇게 말한다. "곧 널 만나게 될 거야." 이 영화에선 라면을 제대로 먹는 방법뿐 아니라, 라면을 어떻게 끓이는지도 배울 수 있다. 국수를 만들어낸다는 건 오롯이 과학 그 자체이다. 이타미 쥬조 감독은 영화로 국제적으로 이름을 알리게 되었고, 다음 영화로 그는 잘 알다시피 함께 국수를 먹기엔 어울리지 않는 야쿠자에 관한 영화를 찍고자 했다. 하지만 영화 촬영을 시작하기 바로 직전 그는 '실수로' 건물 8층에서 추락사하고 말았다. 어쩌면 국수가 그런 비극을 불러온 것일지도 모르겠다. 영화 〈담뽀뽀〉가 성공하지 않았더라면, 그는 아마 더는 영화를 찍지 않았을지 모르니까. 국수를 먹을 때마다 나는 그를 생각한다.

층층이 쌓은 행복처럼,
바움쿠헨

할아버지는 종종 꼬맹이인 나를 데리고 하노버의 '네덜란드 코코아 가게'에 가셨다. 내겐 무척 특별한 일이었다. 나는 주로 핫초코를 먹었고 할아버지는 퀸 파이[•]를 드셨다. 하지만 그 집의 진짜 명물은 내가 무엇보다도 좋아했던, 아주 부드럽고 값비싼 바움쿠헨이었다. 특히 부드럽고 쌉쌀한 초콜릿으로 프로스팅한 삼각형 모양의 바움쿠헨스피체 Baumkuchenspitze를 좋아했는데, 겹겹의 반죽 층이 손수건보다 더 얇았다. 상점 벽을 빙 둘러 청-백색의 풍차

• 닭고기 버섯 등을 넣은 작은 파이

그림이 그려진 델프트° 접시가 걸려 있었고, 서빙하는 직원은 레이스가 달린 하얀 앞치마를 두르고 있었다. 머리 위로는 폭풍우 치는 바다 위에 떠 있는 배를 그린 거대한 그림이 두둥실 떠 있었다. 모든 것이 어우러져 기묘하고 오래된 분위기를 자아냈다.

이곳은 1921년에 제과제빵사였던 프리드리히 바르텔이 '판 하우턴의 카카오 시음-식당Van Houten's Cacao Probe-Local'을 넘겨받은 것으로, 현재 소유주는 3대째 여전히 '프리드리히 바르텔스'라는 이름을 유지하고 있다. 나에게 바움쿠헨은 '코코아 가게'와 하노버의 동의어였다. 일본에서 어딜 가나 바움쿠헨이 있는 걸 발견하고 엄청나게 놀라기 전까지는 그랬다. '바움쿠후'. 바움쿠헨을 일본어로는 이렇게 발음한다. 커피 체인점은 물론이고 슈퍼마켓이나 기차역, 공항 등등 어디를 가든 바움쿠후가 있다. 바움쿠헨은 일본을 위해서 만들어진 것처럼 보인다. 부

° 네덜란드 델프트 지방산 도자기. 흰색 바탕에 파란색 선으로 풍차나 농가 풍경을 그린 것이 특징이다.

드럽고 너무 달지 않을 뿐 아니라 일본에서 특별히 그 가치를 높이 평가하는 '수작업'으로 생산되어 노력과 정성이 많이 든다.

바움쿠헨은 '유흐하임Juchheim'이라는 사람이 들여왔다. 그는 독일의 식민통치 시기였던 1914년, 중국에서 제빵사로 일했다. 그러다 전쟁 포로가 되어 일본으로 이송되었다. 그 후 일본에서 처음으로 바움쿠헨을 구웠는데, 큰 성공을 거두면서 카페와 바움쿠헨 베이커리를 열었다. 1923년 관동 대지진 당시, 유흐하임은 모든 것을 잃었다. 다시 재기에 성공했으나 1945년 사망한다. 그의 아내 엘리제는 미국인들에 의해 추방당했다. 당시 이미 일본에서 없어서는 안 되는 디저트가 된 바움쿠헨. 유흐하임의 밑에서 일했던 직원이 다시 빵을 굽기 시작했고, 엘리제 유흐하임이 일본으로 돌아올 수 있도록 백방으로 노력했다. 1953년 그녀는 다시 일본으로 올 수 있었다.

그 뒤로도 바움쿠헨은 쉬지 않고 이어져 왔다. 현재는 말차 버전이나 코코넛, 벚꽃 바움쿠후처럼 셀 수 없이 많은 퓨전 상품을 만날 수 있고, 3월 4일은 공식적으로 '바움쿠헨의 날'로 지정되었다. 어떤 결혼식이든 나이테처럼 층층이 행복을 쌓은 바움쿠헨이 빠지지 않는다. 성탄절이 되면 사람들은 엄청난 양의 바움쿠헨을 먹는다. 슈퍼마켓에서 싼값에 사 먹든, 대형 백화점의 식품 코너에서 비싸게 사 먹든 간에.

나는 대형 백화점의 식품 코너를 박물관 관람하듯 어슬렁거리며 돌아다니는 걸 좋아하는데, 최근 진짜로 하노버의 '네덜란드 코코아 가게' 지점을 맞닥뜨렸다. 레이스 앞치마를 두른 점원들의 모습, 포장지에 풍차가 그려진 청-백색의 델프트 자기 접시 그림까지 어릴 적 보았던 모습과 똑같았다. 그리고 코코아와 바움쿠헨이 있었다. 나는 38도에 이르는 도쿄의 찌는 듯한 무더위에도 아랑곳 않고 뜨거운 코코아를 마시고 바움쿠헨슈피체를 먹었다. 어느새 나는 할아버지와 함께 하노버에 있었다. 할아버지는 퀸 파이를 드셨다.

녹색의 황금,
아보카도

아보카도를 처음 먹은 게 언제였을까. 기억나지 않는다. 내가 어렸을 땐 아보카도가 없었다. 하지만 우리 아이는 어린 시절, 아보카도밖에 먹지 않던 때가 있었다. 나는 아이가 그러는 걸 잘 이해했다. 나도 아보카도를 무척 좋아했으니까.

몇 년 전 멕시코에 처음 갔을 때 나는 매일 과카몰레Guacamole•를 먹었다. 그것도 밥숟가락으로 푹푹 퍼서. 이제는 독일에서도 흔하게 아보카도를 발견할 수 있다. 독일의 슈퍼마켓에는 아보카도와 라

• 으깬 아보카도에 토마토, 양파 등의 기타 재료를 섞어서 만든 멕시코 요리

임, 양파를 넣어 포장한 '과카몰레 세트'도 판다.

요즘 힙스터가 즐겨 먹는 음식은 단연 아보카도 토스트다. 그뿐만 아니라 건강을 생각하는 사람을 위한 아보카도 스무디, 화장에 신경 쓰는 사람들을 위한 아보카도 마스크팩이 있다. 아보카도는 우리 생활에 깊숙이 들어와 있다. 건강에는 또 얼마나 좋은지. 몸에 좋은 지방도 가득 들었다. 슈퍼 푸드 중에서도 슈퍼 푸드란다! 하지만 우리는 아보카도를 재배하는 데 엄청나게 많은 물이 필요하다는 사실에는 무관심하다.

얼마 전 멕시코에서 글쓰기 강의를 한 적이 있다. 나는 학생들에게 아보카도에 관한 이야기를 쓰도록 했다. 독일 사람 중 감자에 얽힌 이야기 하나 없는 사람이 없듯, 멕시코 사람이라면 누구에게나 아보카도에 얽힌 이야기가 있을 듯했다. 어떤 이는 아보카도에 대한 호불호가 갈려 이혼까지 했다는 한 부부의 이야기를 들려주었고, 어떤 남자는 자신이 아보카도 나무 밑에서 태어났다고 했다. 그를 낳던 어머니의 머

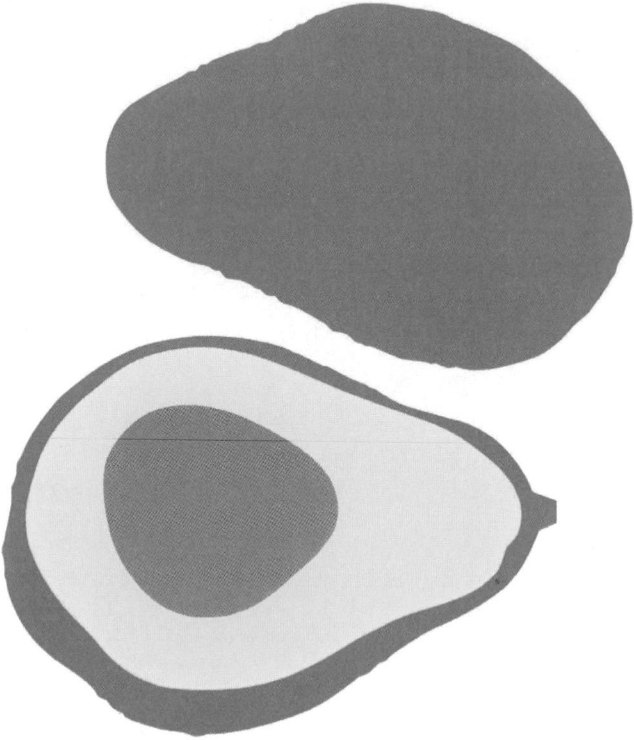

리 위로 아보카도가 툭툭 떨어졌다고 했다. 어린 시절 거대한 아름드리 아보카도 나무를 추억하는 이들도 많았다. 가장 부러웠던 것은 한 여성의 이야기였다. 그녀는 아보카도가 먹고 싶으면 부엌 창밖으로 손만 뻗어 나무에서 아보카도를 따면 된다고 했다. 과테말라에 연고가 있는 한 대학생은 그녀의 어머니에 관해 말하며, 어머니가 즐겨 만들던 설탕과 우유를 넣은 아보카도 요리에 관한 이야기도 들려주었다.

이때까지 우리는 모두 아보카도에 얽힌 아름다운 이야기에 흠뻑 젖어 있었다. 어떤 젊은 여성이 자신의 삼촌에 관한 이야기를 들려주기 전까지는. 그녀의 삼촌은 아보카도 농장을 소유하고 있었는데, 1년 전 마약왕에게 납치되었다고 한다. 숙모가 성실하게 아보카도 농장을 계속 돌보고는 있지만, 남편에 관해선 그 후로 아무 소식도 듣지 못했다고 했다. 나머지 학생들도 잘 알고 있다는 듯 고개를 끄덕였다. 많은 사람이 그와 비슷한 이야기를 알고 있었다. 아보카도가 세계적으로 인기를 얻게 되면서, 마약 거래

상이 아보카도까지 손을 댄 것이다. 멕시코에서조차도 아보카도 가격은 눈에 띄게 올랐다.

독일로 돌아온 나는 내 손에 들린 아보카도를 바라본다. 녹색의 황금. 아보카도에 얽힌 이야기가 머릿속에서 웅웅거린다. 모든 것은 연결되어 있다. 베를린의 힙스터들, 아보카도 토스트, 과카몰레에 대한 나의 열정, 아보카도 전쟁, 물 부족. 누구도 이 모든 일에서 자유로울 수 없다. 이 문제를 어떻게 해야 할까? 아보카도에 '혐오 식품'이라는 뜻으로 'Hass'•라는 작은 스티커를 붙이는 건 어떨까. 내 강연을 듣는 멕시코 대학생들에게 이 단어의 뜻을 설명했다. 그러자 학생들이 아주 의아하다는 듯한 반응을 보였다. '하스-아보카도Hass-Avocado'는 혼성 품종이다. 그러니까 그건 제대로 된 아보카도 나무도 아닌데, 무슨 의미가 있겠냐는 듯이.

• 증오, 혐오를 뜻하는 독일어

추억의 자두 케이크

미국에서 오랫동안 살고 있지만, 뮌헨에서 자란 한 친구가 있다. 어느 날 친구는 차 안에서 우연히 독일 여행에 관한 한 라디오 프로그램을 들었다. 방송에서 전형적인 독일 남부 바이에른 말투로 납작한 자두 케이크를 뜻하는 주에첸데치Suetschendätschi• 라는 단어가 들렸다. 갑자기 그리움이 물밀듯 몰려왔다. 그녀는 길가에 차를 세우고 펑펑 울었다. 어느새 차 안에는 갓 구운 자두 케이크 냄새와 어린 시절 그리고 어머니에 관한 기억이 가득했다. 잘 구워진 케

◦ 납작한 자두 케이크인 '츠베츠겐다치Zwetschgendatschi'의 사투리

이크를 오븐에서 꺼낼 때 풍기던 그 달달하고 새콤한 아로마, 효모 냄새, 주사위처럼 생긴 조그마한 프레시 효모(사춘기 때 그녀는 여드름을 없애려고 이 효모로 얼굴에 팩을 했었다), 반죽을 몰래 집어 먹다가 자기도 모르게 너무 많이 먹은 탓에 나직하게 이어지던 그 기분 좋은 트림, 그녀가 가장 좋아했던 바삭거리는 케이크 가장자리, 신선하고 농도가 완벽했던 휘핑크림까지…… 그녀는 어느 날 어머니에게 휘핑크림 젓는 걸 허락받았다. 그때부터, "너무 오래 휘저으면 버터처럼 되기 때문에 오래 저으면 안 돼!"라던 어머니의 잔소리를 듣긴 했지만, 열심히 크림을 저어 휘핑크림을 만들고 나면 볼에 남은 휘핑크림을 핥아 먹을 수 있었다. 그리고 자두Plum 케이크를 먹으면서 동시에 담배를 피우던 삼촌과 숙모들, 커피를 마시며 떨었던 수다도 기억해냈다. 아니 잠깐만, 자두 케이크라고? 나는 친구의 아름다운 추억을 듣다가 불쑥 묻는다.

"뭐야? 확실히 해. 츠베츠겐다치야? 자두 케이크야?"

"당연히 츠베츠겐다치이지!" 친구가 큰 소리로 외친

다. 하지만 영어로는 '츠베츠게'와 자두가 구별 없이 'Plum' 즉 자두 한 단어로 통한다고 덧붙인다. 사전에는 츠베츠게가 영어로 Damsons°를 의미한다고 나와 있지만, 이 단어를 아는 사람은 거의 없다고 한다. 그렇다면 미국엔 츠베츠게가 아예 없다는 건가? 아니면 자두만 있다는 말일까? 나도 실은 이 둘의 차이를 매년 들어도 잊곤 한다. 자두는 더 둥글고, 가운데가 명확하게 골이 있다. 날카로운 손톱으로도 씨앗과 열매를 발라내기 힘들고, 붉은 기가 감도는 청색에서 보라색까지 색깔이 다양하며 대체로 더 달다. 츠베츠게는 그에 반해 신맛이 덜하고, 색깔은 어두운 보라색부터 검은빛을 띄기도 한다. 가운데 골이 없으며 더 뾰족하고, 씨도 쉽게 분리할 수 있다. 츠베츠게에서 씨앗을 빼낸 다음 그것을 케이크 반죽에 올려놓으면, 노리끼리하고 붉은 주황색 과육이 여러 쌍의 작은 귀 모양으로 펼쳐지는데 참 예쁘다.

° 자주색의 인스티티아 자두

올해엔 자두 나무와 츠베츠게 나무에 가지가 휠 정도로 열매가 주렁주렁 달렸다. 잼을 만들어 저장한다 해도 이렇게 많은 츠베츠게 잼과 자두 잼은 만들 수도, 저장할 수도 없다. 케이크를 굽는다 해도 이 열매들을 다 소화할 정도로 많이 구울 수도 없다. 아마 벌조차도 그렇게 많은 양의 과일은 따라잡지 못할 것이다. 촉촉하고 향긋한 향기를 풍기는 자두 케이크를 접시에 담아두고 앉아 있으면 어느새 벌들이 윙윙거리며 주변을 맴돈다. 그러면 사람들은 벌을 퇴치하는 데 도움이 되는 조언을 필사적으로 기억해내려고 애쓴다. 커피가루를 태우거나, 동전을 늘어놓거나, 꿀물을 컵에 넣고 미리 대비하거나, 최악의 경우 벌에 쏘인 자리에 얹을 수 있도록 가방에 양파를 넣고 다니라든가 하는 조언들 말이다. 이렇게 벌과 씨름하는 사이 어느덧 가을이 다가온다. 벌들의 습격에서 벗어나기를 초조하게 기다리는 사이, 하이쿠나 한 편 지어보는 건 어떨까.

"그대 벌님이여, 오시게나

내 츠베츠겐다치 좀 들어보시게

멈추어라, 달콤한 여름이여!"

죽음과 고기와 불

집집마다 발코니나 정원, 혹은 주차장에서 자욱하게 올라오는 연기를 보면, 드디어 여름이 왔구나 실감한다. 전력을 다해 고기를 구울 때가 된 것이다. 나는 정말이지 그릴 파티를 좋아한 적이 없다. 고기를 많이 먹지도 않았고, 시간이 지나면서 고기는 가능한 한 입에 대지 않게 되면서 그릴용으로 넓적하게 썬 커다란 고기와 거대한 그릴용 소시지에 대한 관심이 완전히 사라졌다. 그렇다고 그릴 숯에 겉만 익힌 감자나 불에 그을린 양파링, 쭈글쭈글해진 가지 조각과 물컹거리는 호박을 좋아하는 것도 아니다.

하지만 그릴 파티에서 나를 즐겁게 해주는

것이 하나 있다면, 방구석에 쪼그리고 앉아 있던 남자들이 불 앞에선 고대 영웅들처럼 변신하는 것이다. 나는 바비큐그릴을 좋아하지 않는 남자는 거의 보지 못했다. 그들은 겁나게 비싼 케틀 바비큐그릴 위에서 신화에 사로잡힌 채 죽음과 고기와 불을 감시한다. 대부분의 여자는 순순히 샐러드 영역으로 물러나며 남자들에게 몇 시간 동안 어떤 저항도 받지 않고 그들 자신을 중요한 사람으로 느낄 수 있는, 최후의 서식지 '그릴의 세계'를 넘겨준다. 그릴은 오래 걸린다. 아무리 그릴 고기를 빨리 구울 수 있다고 주장해도 믿을 수 없다. 그릴 판 곁에서 꼬르륵거리는 배를 움켜잡고 견딘 적이 얼마나 많았던가. 그러니 돼지 통구이라도 굽는 날이면, 시간이 '영원'같이 오래 걸려, 자정이 다 되어서야 마침내 고기 한 점이라도 받을 수 있다. 이미 술로 배를 채워 취할 대로 취한 상태에서 말이다.

슈바빙Schwabing구區에 사는 한 용자勇者의 그릴 파티를 잊을 수가 없다. 그는 거리 쪽으로 난 자

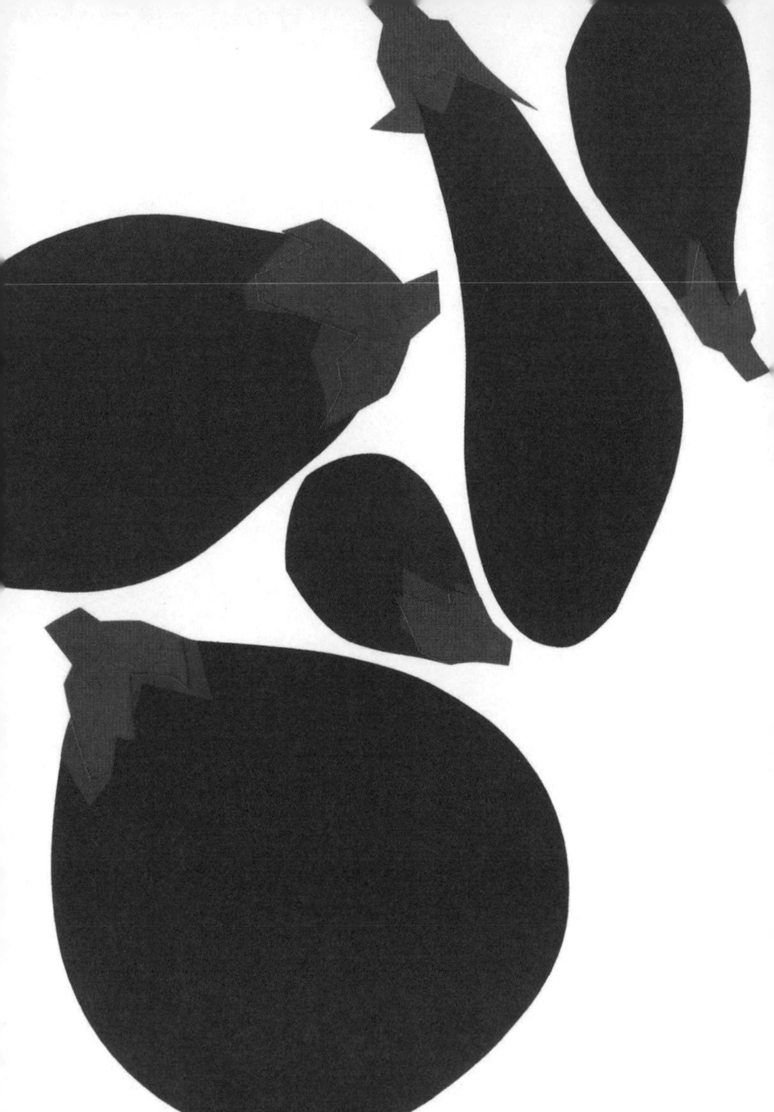

신의 작은 4층 발코니에서 양고기 그릴 통구이를 하려고 했단다. 그런데 다음 날 새벽 먼동이 틀 때까지도 고기는 익을 기미도 보이지 않았다. 이것은 문명화된 도시와 고대 동물 구이 사이의 대치를 생생하게 보여주는 것이었다! 단지 그릴을 하는 것뿐인데, 거기서 얻을 게 뭐가 있을까? 마이클 폴란Michael Pollan, 1955.02.06~°은 영리한 그의 저서 《Cooked》에서 그릴(바비큐)을 불과 살코기를 포함하는 종교적인 희생제의식의 연장이라고 기술한다. 처음엔 인육人肉으로 의식을 치렀지만, 그 후에는 다행히도 동물의 살코기를 사용했다. 신들은 연기를 얻었고, 인간은 커틀릿을 얻었다. 그렇게 양쪽은 그 의식으로부터 뭔가를 얻었다. 그리스어 'Magerios'는 요리사, 푸줏간 주인, 사제를 뜻하며 독일어 '마술사Magier'의 어원이기도 하다.

그러고 보니 지금까지 남성형 명사들만 거론한 것 같다. 그릴 판 앞에서 칼을 들고 서 있는 남자

° 미국의 작가이자 저널리스, 환경운동가. 그의 저서 《Cooked》는 《요리를 욕망하다》라는 제목으로 국내 출간되었다.

는 그러므로 마법사와 같다고 할 수 있다. 동물을 식사로 변하게 하니 말이다. 이 마술은 가능한 한 오래 걸려야 한다. 그래야 손에 맥주를 든 남자들끼리 유대가 형성되니까. 솥단지가 발명되자, 식사를 챙기는 일이 보다 경제적으로 변했을 뿐 아니라 밖에서 하던 일이 안에서 하는 일로 자리를 옮기게 되었다. 밖에서 남자들은 모닥불 위에 고기를 구우면서 통성명을 하고, 서로 이런저런 허세를 부렸고, 여자들은 안에서 솥단지와 가족을 지배했다. 솥단지에 뭉근히 고기를 삶던 모습도 옛일이 되었다. 아리스토텔레스는 동물의 형체를 더는 알아볼 수 없다는 이유로 솥단지를 위대한 문명적 업적이라고 했다. 솥단지에 끓이는 과정에서 동물은 부드러워지고 다른 어떤 것, 즉 새로운 것으로 변하기 때문이다.

여기에 덧붙여 인류학자 레비-스트로스Levi-Strauss는 이렇게 말했다. "익힌 것은 생명이고, 구운 것은 죽음이다." 그러니까 그릴 행위는 사냥꾼의 마지막 남은 전유물인 것이다. 오늘날 남자들은 사냥

꾼의 전유물을 대체하기 위해 워크숍과 잡지, 컴퓨터 전반에 걸친 관리, 아주 비싼 그릴이 필요하다. 나는 벌써부터 샐러드를 잘라놓는다. 그리고 기다린다…….

오, 나의 영원한 헤르만!

다시 새로운 관계를 맺었다. 사실 이젠 그만 두고 싶었다. 매번 잘 안 되었다. 내 탓이었다. 참을성도 없었고, 원칙도 없었다. 그러다 보면 펑! 끝이 났다. 하지만 그런 다음엔 마지막으로 다시 한번 잘해보리라는 열망이 생겨났다. 그래서 처음부터 다시 시작하곤 했다. 그에겐 이름도 있다. '헤르만'. 나는 언제나 그를 헤르만이라고 불렀다. 헤르만은 수없이 많은 SNS에서 말하는 것처럼 아이들도 할 수 있을 만큼 키우기 쉽다. 하지만 나에게만 오면 결코 일주일을 넘기지 못한다. 이번엔 모든 것을 제대로 해보기로 한다. 참을성과 정확성이 가장 중요하다. 둘 다 내

기질과는 거리가 한참 멀다. 지나칠 정도로 정확하게 밀가루와 물을 유리 용기에 넣고 젓는다. 유리 용기에 넣는 건 그가 플라스틱을 좋아하지 않기 때문이다. 헤르만은 내 마음을 완전히 독점해버렸다. 내 신경은 온통 그를 어르고, 달래고, 먹이고 끊임없이 걱정하며 돌보는 데 쏠려 있다.

불행히도 나는 하필 밥을 줘야 하는 이틀째 날에 짧은 여행을 다녀와야 했다. 밥을 주지 않으면 죽을지도 모르니, 그를 혼자 둘 수는 없었다. 그는 따듯한 걸 좋아한다. 가장 좋아하는 온도는 25도에서 28도. 나는 그의 유리그릇과 가루, 보온물주머니를 짐에 싼다. 그는 정확한 식사 시간을 고수한다. 호텔에서 나오는 조식까지 놓쳐가며 밥을 주었건만, 유리 용기 속의 그는 부글거리지 않고 냄새만 풍긴다. 적어도 그가 풍기는 냄새만큼은 정확하다. 약간 시큼하지만, 심하지는 않다. 기온이 급히 떨어져 나는 보온물주머니와 함께 헤르만을 데리고 침대로 들어간다. 아마도 이것이 그의 마음에 들었나 보다. 다음 날 아침, 나는 유리그릇 속에서 만족의 표시로 보글보글 올라온 기포를 발견한다. 나는 이 상태를 잘 보존하여 무사히 그를 집으로 데려온다. 그런데 갑자기 무엇 때문인지 그의 비위가 상한 것 같아 보인다. 그에게서 활력의 징후가 거의 보이지 않는다. 우리의 관계는 급속도로 나빠진다. 나는 인내심을 잃는다. 지금부터 밥 안 줄 거다?! 그를 협박한다. 이젠 정말 신물이 난다. 지금까지 널 위해 어떻게 했는데! 그랬더니 다음 날 갑자기 지금까지 본 것 중 최고로 아름다운 기포가 보글거리며 올라온다. 딱 하루만 더 밥을 주면, 마침내 헤르만은 충분히 강인해져 평생 나와 함께 하고, 내 아이들의 삶에서도 중요한 역할을 하게 될 것이다.

이것이 헤르만의 유혹적인 면이다. 그는 계속 산다. 살고, 또 살고, 계속. 단 시작을 잘해야 한다. 그런데 그의 긴 삶 중에 아직 너무 어리고 민감한 시기인 지금, 아주 까다로운 바로 이 순간에 나는 다시 여행을 떠나야 한다. 이번에 비행기를 타고 가야 하는데 기내용 가방만 들고 가야 한다. 헤르만은 집에 남아 있어야 한다. 그를 어떻게 해야 할까? 헤르만을 두고 그간 내가 해온 유난스러운 행동 때문에 벌써 짜증이 나서 예민해진 남편에게 딱 하루만이라도 헤르만에게 밥 주는 걸 맡아달라고 부탁한다. 지금까지 단 한 번도 내 부탁을 거절해본 적 없던 남편이 단칼에 싫다고 말한다. "아니, 난 당신의 헤르만에게 밥을 주지 않을 거야." 내가 말한다. "그러면 헤르만은 죽고 말 거야." 남편은 무정하게 어깨만 으쓱거린다. 나는 코가 쭉 빠진 채 헤르만과 헤어진다. 아마도 영영 그를 못 보게 되겠지. 다음 날 남편에게 전화를 건다. "당신 정말로 그에게 밥을 안 줬어?" 남편은 묵묵부답이다. 그는 고집스럽게 침묵한다. 거기서 나는 알아차린다. 헤르만이 살았구나! 집으로 돌아왔다. 헤르만은 놀랍도록 활기차고, 역동적인 모습으로 나를 기다리고 있었다.

당신은 이미 한참 전부터 알아차렸을 것이다. 나의 헤르만은 바로 '발효종'이다. 그의 이름이 처음 등장한 건 1970년대이다. 나는 내 첫 성공작인 효모가 들어간 반죽으로 식빵을 굽는다. 한 가지 의문이 내내 나를 괴롭힌다. '헤르만, 이 녀석, 사실은 나보다 남편이랑 더 사이좋게 지냈던 거 아니야?'

리벡 마을의

배 할아버지

Pear

배는 사람을 미치게 만드는 재주가 있다. 처음 며칠 동안은 돌처럼 딱딱하고 무뚝뚝하게 있다가, 교활하게도 하룻밤 새 물렁해져 우리에게 쓰디쓴 실망을 안긴다. 도대체 왜 그러는 걸까? 왜 사람들이 먹을 때까지 느긋하게 기다리질 못하는 걸까? 왜 완벽한 배는 그토록 보기 힘든 걸까? 참으로 제멋대로인 과일이다.

배는 여름배, 가을배, 겨울배가 있다. 하지만 나는 항상 겨울에야 배가 눈에 들어온다. 사과는 이미 먹을 만큼 먹었고, 귤은 더 보이지 않을 즈음. 배는 대략 5,000여 종이 있다고 한다. 하지만 독일에선

대부분 아바테 페텔Abate Fetel°, 윌리엄스 크라이스트 Williams Christ°°, 클랩스 리블링Clapps Liebling°°°, 알렉산더 루카스Alexander Lukas°°°°, 콘퍼런스Conference°°°°°, 오로지 '착한 루이제'라는 뜻의 이름 때문에 내가 가장 좋아하는 구테 루이제Gute Louise°°°°°° 사이에서 고르게 된다. 구테 루이제 역시 다른 배와 마찬가지로 새치름하고 이상할 정도로 짧은 시간만 완벽한 모습을 유지한다. 그래도 배와 사과 중에서 택하라면 나는 언제나 배를 고른다. (그나저나 우리는 왜 우리의 머리를 배라고 부르는 걸까?)°°°°°°° "너는 '배' 속에 아무것도 없

° 조롱박처럼 생긴 서양배 품종 중 하나. 당도가 높다.
°° 윌리엄스 배, 혹은 바틀릿 배라고도 한다. 서양배 품종 중 하나
°°° 길쭉한 전구처럼 생긴 대부분의 서양배와 달리 볼링 핀처럼 몸체가 불룩한 것이 특징. 크기가 매우 다양하다.
°°°° 서양배의 일종. 크기가 크고 무게도 개당 150~250그램 정도로 무겁다. 넓고 둥근 것부터 볼링핀처럼 생긴 것까지 다양하며 다 익으면 햇빛을 받은 부분은 주황색, 받지 않은 부분은 연노랑을 띤다.
°°°°° 영국에서 개발된 품종으로 영국 배라고도 한다.
°°°°°° 가을 배. 가장 널리 알려진 서양배 중 하나. 고급 과일로서 중간 정도 크기에 달걀처럼 생겼으며 향이 좋다.
°°°°°°° 독일에서는 종종 구어로 배가 머리를 대신하여 쓰일 때가 있다.

구나.” 그렇다, 정확하다. 나도 처음엔 머릿속에 아무 생각도 떠오르지 않을 때가 있다. 생각이 마치 꽁꽁 냉동되어 있는 것 같다가 어느 순간 녹아서 질퍽해진다. 그러면 나는 누워서 휴식을 취해야 한다. 나의 ‘배’로 ‘배’에 관해 깊이 생각하면서.

아마도 내가 배에 특별한 애착을 갖게 된 건 오로지 어렸을 때, 폰타네Theodor Fontane, 1819.12.30~1898.09.20*의 시 〈하펠란트의 리벡 마을에 사는 리벡 할아버지〉를 좋아했기 때문인 것 같다. 아름다운 그의 시 첫 구절을 소개한다.

하펠란트의 리벡 마을에 리벡 할아버지가 살았다.
그의 정원에는 배나무 한 그루가 있었다.
그리고 황금빛 가을이 찾아왔다.

* 19세기 독일 근대 사실주의 소설의 대가로 꼽히는 작가

종종히 달린 배는 반짝이며 두루 빛나고
종탑에서 정오의 종소리가 울려 퍼지면 리벡 할아버지는
두 주머니 가득 배를 채웠다.

나막신을 신은 한 소년이 다가온다.
리벡 할아버지가 소리친다. "머스마야, 배 하나 주까?"
한 소녀가 걸어온다. 리벡 할아버지가 소리친다.
"거, 쪼만한 가스나야, 이리 온나. 내한테 배 있다 아이가."

우리 가족은 아무도 저지독일어 사투리를 쓰지 않았다. 저지 독일어는 아파서 꼼짝없이 침대에 누워 있을 때, 북독 방송NDR의 아침 프로그램 '잠깐만 들어보이소Hör mal 'n beten to'나 교육 방송에서만 들을 수 있었다. 굉장했다. 한번은 교육 방송에서 하펠란트의 리벡 마을에 사는 리벡 할아버지 이야기를 들려주었다. 그는 아이들에게 배를 나눠주는 걸 정말 좋아했다. 그러나 얼마 후 그는 죽고 말았다. 욕심 많은 아들은 단 한 개의 배도 내어주지 않았다. 아이들이 탄식하며 말한다. "인자 아재는 돌아 가싰다. 그라믄 배는 누가 주노?" 그러나 리벡 할아버지는 무덤에 묻힐 때 배도 같이 묻게 하여, 나중에 아이들에게 배가 돌아가도록 했다.

리벡 할아버지는 실존 인물이었고, 배나무도 실제로 존재했다. 나는 리벡의 마을 교회에서 오래된 그 배나무의 둥치를 구경할 수 있었다. 또 리벡 성의 정원 도처에는 배나무가 자라고 있었고, 성의 레스토랑에선 정말 맛있는 배 슈트르델°이 나왔다. 이 모든 일이 오롯이 한 편의 시 때문에 생긴 것이다.

나도 언젠가 우리 정원에 배나무 한 그루를 심었다. 그런데 뭐가 잘못되었는지, 몇 년 전부터 배나무가 별로 크는 것 같지 않더니 꽃도 조금만 냈고 배는 아직 한 알도 열리지 않았다. 하, 배나무가 고소해하며 나에게 말한다.

° 납작하게 썬 배를 밀가루 반죽에 싸서 오븐에 구운 것

"리벡 마을에 사는 리벡 아주머니가 되기는 글렀네요!"

일요일 아침,
연어 크림치즈 베이글

오니기리가 떠오르면 일본이 그립고, 파에야가 생각나면 스페인에 가고 싶다. 그렇다면 미국을 떠올리는 전형적인 음식에는 어떤 것이 있을까? 현재로선 미국이 딱히 그립지 않아서 잘 모르겠지만, 이따금 일요일 아침이면 연어 크림치즈 베이글Bagle with lox and cream cheese을 사러 기꺼이 로어 이스트 사이드Lower East Side에 있는 '루스 앤 도터스Russ & Daughter'로 달려가고 싶을 때가 있다.

예전엔 어느 정도 독일 식빵 맛이 나는 유일한 빵이 미국의 베이글이었다. 어느 덧 베이글은 전 세계 사람들이 사랑하는 빵이 되었다. 유감스럽게도 덜 구운 듯 진득거리는 도넛 베이글이 대부분이긴 하지만 말이다. 사실 도넛 베이글은 원래 미국에서 유래한 것이 아니라, 폴란드 유대인의 음식에서 온 것이다. 크라쿠프Krakow•에 갔을 때 나는 도넛 베이글의 가운데에 구멍이 뚫려 있는 이유를 알게 되었다. 거리에서 베이글 여러 개를 막대기에 한 줄로 꿰어 팔고 있던 것이다.

베이글이 뉴욕을 상징하는 음식으로 널리 알려졌지만, 뉴욕 내에서 손꼽히는 것은 다름 아닌 비알리Bialy••이다. 비알리는 가운데에 구멍이 없고 슈말츠쿠헨처럼 가운데가 오목하게 들어가 있는데, 양파와 빵부스러기로 속이 채워져 있다. 일요일 아침이면 비알리와 연어 크림치즈 베이글을 갈구하며 퀭한 얼굴로 '루스 앤 도터스Russ & Daughetr'만큼 비알리와 연

◦ 폴란드 남부의 공업 도시

◦◦ 폴란드 동부에 위치한 도시 비알리스토크Bialystok에서 유래하여 이름도 비알리, 혹은 비알리스토커 쿠헨이라고 부른다. 우묵하게 들어간 빵의 가운데에 다진 양파 등을 얹어 구운 전통적인 유대식 롤빵

어 크림치즈 베이글이 맛있는 곳은 없다고 말할 정도라면, 진정한 뉴요커가 된 것이다. 루스 앤 도터스는 예전에 유대인 이주 구역이었던 곳에 자리 잡고 있다. 일요일이면 사람들이 끝이 보이지 않을 정도로 길게 줄을 선다. 종잇장처럼 얇게 썬 노바스코샤, 스코틀랜드, 노르웨이 혹은 아일랜드 산의 신선한 연어나 쪽파, 서양 고추냉이, 딜° 등을 넣어 손수 만든 슈미어Shmear°°, 헤링바이트°°°, 철갑상어, 그리고 바삭거리는 베이글과 비알리를 사려고 다들 참을성 있게 기다린다. 멘쉬Mensch°°°°라는 샌드위치가 있는가 하면, 슈테틀Shtetl°°°°°이라는 샌드위치도 있다. 사람들의 긴 줄 속에 섞여 있다 보면 평소에는 생각지 못했던 유럽으로부터의 도주와 추방에 관해, 그리고 이민자들이 (고향 땅은 밟지 못해도) 언제 어디서든 최소한

° 허브의 일종. 주로 피클을 담글 때 향을 위해 많이 넣는다.
°° 베이글에 발라 먹는 연성 버터 같은 것
°°° 한입 크기로 먹기 좋게 잘라서 파는 청어 절임
°°°° 독일어로 사람, 인간이라는 뜻
°°°°° 과거 동유럽에 있던 소규모의 유대인촌

고향의 음식이라도 만들어 보고자 어떤 노력을 해왔는지에 관해 돌이켜볼 시간을 갖게 된다. 1907년 조엘 루스Joel Russ는 폴란드에서 뉴욕으로 이민 왔다. 그는 라드유에 담근 청어롤을 나무통에 담아서 이웃 유대인에게 팔았다. 7년 후 그는 작은 가게를 열 수 있었고 딸 셋을 얻었다. 딸들은 아버지의 가게에서 일을 도왔다. 1935년 그는 세 딸을 동업자로 삼고, 상호를 '루스와 딸들Russ & Daughetrs'로 정했다. 이것은 미국에서 전례가 없던 일이었다. 당시까지만 해도 미국에선 형제나 아들만 동업자로서 이름을 내걸 수 있었다. 아버지 루스는 전례 없는 일을 해냈고, 동유럽의 고전적인 유대 음식으로 미국에서 망향의 장소를 만들어냈다. 현재 이 가게는 여전히 루스 일가의 소유다. 유대식 진미珍味는 오직 이곳에만 있고, 다른 곳에선 찾아볼 수 없다. 미국을 제외하고, 유대식 진미를 완전히 잃어버린 이 시대에 역사적 교훈으로서 상징처럼 남아 있다.

이것이 멋지고, 자유롭고, 아량 있는 미국의

모습이다. 하지만 요즘 같아서는 이런 미국을 다시 기억하고 만날 수 있도록 슈미어•를 바른 비알리가 절실하게 필요한 것 같다.

◦ 227쪽 참고

감바스의 복수

아직도 나는 그를 정확히 기억한다. 그는 내 접시 위에 올라온 모든 것의 한가운데 연분홍빛을 띠고 곱게 누워, 작고 검은 눈동자를 깜찍하게 깜빡이며 순진하게 굴었다. 분명 죽어 있는데도 내 눈엔 그렇게 보였다. 그를 입속에 밀어 넣었을 때, 그때까지도 그가 나쁘다는 걸 알고 있었다. 그럼에도 불구하고 그를 삼키며 스스로 설득했다. 괜찮을 거라고.

하지만 두 시간도 채 지나지 않아 그렇지 않다는 걸 깨달았다. 죽고 싶었다. 아니, 틀림없이 죽겠구나 싶었다. 정말 운 좋게도 나는 욕실이 딸린 호텔룸에 있었다. 그 조그마한 스페인산 보리새우, 딱 한

마리가 내 두 다리를 베어버려, 무력해질 대로 무력해진 나는 네 발로 침대에서부터 욕실까지 기어갔다 와야 했다. 이런 경험을 해본 사람이라면 사람의 유통 기한을 단축하는 데 얼마나 작은 힘만으로도 가능한지 놀라게 될 것이다. 고작 섭조개 한 개, 보리새우 한 마리면 되니까.

어렸을 때 스노클링을 하면서 보리새우가 바위 위를 어색하게 걸어가는 걸 본 적이 있다. 몸이 어찌나 투명한지 정말이지 아예 존재하지 않는 것처럼 보였다. 지금이야 그 무엇보다도 나에게 제 존재감을 확실히 보여주는 유일한 것이 되었지만. 그런데 온도가 30도나 되는 일요일에 그늘 아래서 감바스°나 보리새우를 먹을 정도로 '그렇게' 멍청한 사람이 나 말고 또 누가 있을까? 나는 도무지 저항할 수가 없었다. 스페인에 왔다는 것, 뜨거운 태양, 바다, 다채로운 색깔, 냄새, 해산물…… 이 모든 것은 여름과 휴가가 주

° 지중해에서 나는 식용 새우. 보리새우에 비해 크기가 크다.

는 큰 행복에 대한 약속으로서 떼려야 뗄 수 없이 한 데 속해 있는 것처럼 보였다.

그래서 나는 일찌감치 옷을 훌훌 벗어버리고 비키니 차림으로 해변의 한 식당에 앉아 감바스 알 라 플란차Gambas a la plancha•를 주문하고 나의 운명에 도전했다. 유대교 신앙에선 갑각류를 정결하지 못한 것으로 여긴다. 갑각류를 먹는 사람은 그것으로부터 받을 복수도 계산에 넣어야 한다. 갑각류는 오로지 나에게 복수만을 호시탐탐 노렸던 것 같다. 어느 해 크리스마스 파티 때 나의 아버지는 파티 테이블에 굴을 올리기로 계획하셨다. 나는 열광적으로 좋아했다. 그러나 굴 사이에 '바다의 어벤저스', 그것이 섞여 있을 줄이야. 기가 막힌 굴 요리로 식사한 뒤 나는 곧바로 밤 기차를 타고 다시 뮌헨으로 향해야 했다. 왜 하필 기차냐고? 뭐랄까, 기차 화장실보다 숙박하기 더 편한 장소가 없는 건 아니다. 아무튼 이 트라

• 구운 감바스 요리

우마와 같은 일을 겪고도 나는 갑각류를 포기하지 못했다. 얼마 전에도 나는 스파게티 알레 봉골레Spaghetti alle vongole•를 먹으려고 몇 킬로미터나 떨어진 곳까지 갔다 왔다. 나는 홍합과 맛조개, 가리비, 게, 칵테일새우, 보리새우, 가재가 너무 좋다.

하지만 지금은 갑각류의 몸에 얼마나 많은 미세 플라스틱이 쌓여 있는지 알게 되었다. 조개 1인분을 먹는 건 대략 신용카드 세 장을 먹는 것과 맞먹는다. 이제부터 모든 갑각류는 나를 겁내지 않아도 된다. 플라스틱 광란을 완전히 휘어잡을 때까지 오래도록 내 앞에선 안전하다. 나는 우리가 이 광란을 잠재울 수 있기를 바란다. 지금으로선 그럴 것 같아 보이지 않지만.

모든 바다 생물을 오염시키는 것에 비하면, 감바스 한 마리의 복수가 대수겠는가? 언젠가 바다에서 다시 플라스틱을 건져내야 하는 날이 온다면, 나

• 모시조개를 넣은 해물스파게티

는 즉시 내 한 몸을 희생할 준비가 되어 있다. 우리가 그동안 동종同種의 생물에 가했던 모든 일에 대해 나에게 복수하려는 그 작고 불쾌한 감바스도 함께 데리고 나올 거다! 감바스에겐 아무런 잘못도 없으니까.

한겨울의 노스탤지어

어릴 때 나는 밤만 알았지 말밤*에 대해서는 전혀 몰랐다. 거울처럼 반지르르한 각양각색의 진갈색 밤 껍질이 좋아 밤을 볼 때마다 감격하며 줍는다. 해마다 어린이용 드릴로 밤에 부지런히 구멍을 뚫고 성냥을 꽂아 밤 인형과 밤 고슴도치를 만들었다. 성냥은 부러지지 않으면 빠져나오기 일쑤였다. 게다가 며칠 지나지 않아 고슴도치와 밤 인형은 늙어버려 쭈글쭈끌 주름이 생기고 볼품이 없어져 실망감을 안겨주

* 마로니에 열매. 밤과 비슷하게 생겼지만, 약간의 독성 성분이 있어 먹고 난 다음, 설사나 구토 등 급성 위장장애를 일으킬 수 있다. 강력한 소염 효과와 정맥류 관련 질병을 완화하는 성질 때문에 약재로도 많이 쓰인다.

곤 했다.

내가 좋아하는 오트프리트 프로이슬러Otfried Preußler, 1923.10.20~2013.02.18°의 《꼬마마녀》라는 책에서 말밤나무 열매, 마로니에를 처음 접했다. 장작 난로가 있는 마로니에 노점에서 기침을 해대던 키 작은 '곱사등' 남자에 관한 이야기였다. 나는 이 이야기를 아직도 생생히 기억한다. 남자는 꼬마마녀에게 마로니에 한 봉지를 선물로 건네며, 자신이 끔찍한 코감기에 걸린 데다 군밤에 끊임없이 손을 데인다며 하소연한다. 작은 마녀는 친절하게도 마법으로 그의 걱정거리를 날려버린다.

《꼬마마녀》 책을 읽고 한참이 지난 뒤 나는 뮌헨에서 마로니에 열매를 처음 보았다. 그때부터 마로니에 없는 겨울은 상상할 수 없게 되었고 마로니에 없이는 겨울을 나지도 않았다. 11월이 되어, 마로니에 군밤 노점이 서기 시작하면 나는 겨울 우울증 따

° 독일의 아동문학가. 《꼬마마녀》, 《꼬마 유령》, 《왕도둑 호첸플로츠》 외 다수의 작품이 국내에 번역되었다.

위는 모두 날려버리고, 오랫동안 알고 지낸 친절한 마로니에 군밤 장사 아주머니를 만날 생각에 들떴다. 아주머니네 노점상 안에는 다행히 (장작 난로가 아니라) 온풍기가 놓여 있었다. 나는 그곳에 도착하기 전부터 코끝으로 밀려오는, 살짝 아릿한 맛이 감도는 구운 마로니에 냄새, 껍질을 벗고 나온 부드럽고 달콤한 마로니에 열매, 오버코트 주머니 속에 넣은 따뜻한 마로니에 봉지를 떠올리며 기뻐한다.

집에서 몇 번이나 마로니에를 구워보았지만, 성공한 건 몇 번뿐이다. 대부분 딱딱하고, 쓰고, 고집스럽게 껍질에 달라붙어 잘 벗겨지지 않았다. 게다가 마로니에 군밤장수 아저씨처럼 열 손가락 모두 데이고 말았다. 나는 마로니에를 물에 담가놓았다가, 마로니에 칼로 잘라 특별히 주문한 마로니에 틀에 넣어 구워보기도 했다. 하지만 결국 깨달았다. 무엇이든 눈 딱 감고 전문가에게 맡겨야 하는 일이 있는 법이다. 무엇보다 주문한 마로니에 군밤이 다 구워질 때까지 거리에서 기다리는 동안 느껴지는 약간 쌀쌀한 추위도 한겨울 정취에 한몫한다. 새까만 겨울 하늘에서 싸락눈이 소록소록 내리면 그보다 더 좋을 순 없다. 나는 스페인과 이탈리아 그리고 멕시코에서 마로니에 군밤 장비를 발견했는데, 모두 불을 피워 그 위에 밤을 굽는 것이었다. 또 일본에서 본 군밤 기계는 마치 증기기관차를 변형한 것 같았다. 이렇게 한겨울 밤을 굽는 풍경만으로도 세계 곳곳에서 고향과 크리스마스의 정취를 느낄 수 있었다.

옛날엔 마로니에가 결코 낭만적인 것이 아니었다. 마로니에 열매는 가난한 사람들이 먹는 것으로 여겼고—마로니에 열매는 '서민들의 빵'이라고 불렀다—실제로 그들에게 유일한 탄수화물 공급원이었다. 특히나 겨울이 되면 더욱 그랬다. 부유한 사람들은 일부러 마로니에를 먹지 않았다. 마로니에가 소화 문제를 일으키고 주체할 수 없는 성적 충동을 느끼게 한다는 말까지 돌았기 때문이었다. 누가 이런 걸 시험했을까? 가난한 사람들은 부자들이 먹는 흰 꽃같이 새하얀 밀가루를 꿈꿨다.

밀의 평판이 나빠지는 동안 마로니에는 글루텐프리 영양식의 왕으로서 소화 보조제, 건강 다이어트식, 천연 각성제(이제는 각성제라고들 한다……)로 칭송받고 있다. 하지만 이런 건 전부 내 관심권 밖이다. 나에겐 그저 마로니에 군밤을 파는 노점과, 군밤 냄새, 오버코트 주머니 속의 따뜻한 군밤 봉지, 마로니에 군밤의 달콤한 맛만 있으면 된다. 생각만으로도 벌써 겨울 우울증이 마법에 걸린 듯 사라진다.

붉은 수박 그리고
프리다 칼로

어린 시절, 무더웠던 여름과 해변에서 보냈던 긴 날들이 기억난다. 어머니도 쉴 시간이 필요했기 때문에 점심 한 끼는 건너뛰었지만, 오후가 되면 늘 시원한 수박을 잘라주셨다. 일광욕으로 뜨끈뜨끈하게 달궈진 몸에 비키니 바람으로 앉아서 수박을 집어 들었다. 압도적이리만큼 빨갛게 빛나는 수박을 한 입 베어 물면, 수박 물이 턱을 타고 흘러 무릎 위에 방울져 떨어졌다. 세상에 이 순간보다 아름다운 시간이 있을까!

수박은 여름의 정수精髓다. 수박의 배를 가를 때면 의사셨던 부모님에게 수술 이야기를 자주 들어서였는지, 마치 수술의 한 장면을 보는 것 같았다. 어린 나는 대충 그렇게 상상했던 것 같다. 수박만큼 겉과 속이 다른 과일이 있을까. 이렇게나 즙이 많고, 이렇게나 양이 많고, 이렇게나 붉은 과육이 난데없이 나타나는 반전의 과일이! 밭에서 무르고 뜨끈하게 누워 있는 수박을 보면 아무렇게나 놓인 지저분한 공이 떠오른다.

원래 수박은 아프리카에서 온 과일로 건조한 모래땅을 좋아한다. 89퍼센트가 수분으로 이뤄져 있지만, 막상 수박 자체가 성장하는 데는 약간의 물만 있으면 된다고 한다. 어떻게 그럴 수 있을까? 놀라울 뿐이다. 어릴 때나 지금이나 수박은 나에게 한결같이 재미있는 과일이다.

수박깨나 안다는 사람은 수박을 두드리며 속에서 울리는 소리에 귀를 기울인다. 나도 전문가처럼 보이려고 수박을 두드려보지만, 아무 소리도 듣지 못한다. 어릴 때는 사람들이 수박을 두드리는 건 수박 속에 누군가 살고 있기 때문이라고 생각했다. 그래서

대답을 들으려고 수박에 노크하는 거라고. 작은 동물이 살고 있을까? 아니면 난쟁이 꼬마? 혼자서는 집까지 들고 가기 어려울 만큼 무거웠던 수박을 두고, 어린 내가 이런 상상을 하는 것도 무리는 아니었다.

수박은 커야 한다, 그것도 아주. 그래야만 진짜배기 수박이다. 나는 미니수박은 쳐주지 않는다. 진짜배기 수박은 다루기 부담스러울 수밖에 없다. 어떤 냉장고도 수박에 맞는 냉장고는 없다. 다 먹으려면 한 무리의 아이들이 모여야 한다. 그리고 반드시 더운 날씨에 먹어야 한다. 주룩주룩 비가 오고, 서늘한 날에 수박을? 생각도 할 수 없는 일이다. 수박이 제대로 진가를 발휘하려면 빛과 태양이 필요하다. 푸른색이 배경일 때가 가장 좋다. 짙푸른 하늘, 터키옥색의 물, 하늘색 벽.

한동안 나는 멕시코 코요아칸에 있는 프리다 칼로의 집과 바로 이웃하여 살았다. 그 집은 악귀를 막기 위해 파란색으로 칠해져 있다. 시간이 흐르면서 이제는 누구나 프리다 칼로를 알게 되었다. 그녀의 그림과 숱이 풍성한 짙은 눈썹, 원색의 옷차림, 고통에 찬 얼굴까지.

그녀는 대부분의 시간을 척주 교정용 석고 깁스를 하고 지내야 했고, 생의 마지막 시기엔 파란 집의 작은 침대에서 다리가 절단된 채, 통증에 시달리며 절망적인 심정으로 누워서 보냈다. 그럼에도 쉬지 않고 그림을 그렸다. 그녀의 마지막 그림은 잘라 놓은 수박을 그린 밝은 정물화이다. 제목은 'Viva la vida(인생 만세)'. 나는 마법에 걸린 듯 매혹적인 그녀의 정원에서 많은 시간을 보냈다.

점심시간 즈음 한 무리의 유치원 아이들이 왔다. 아이들을 이끌고 온 교사가 가져온 수박 한 통을 잘랐다. 아이들은 수박을 먹기 전, 그림부터 그렸다. 푸른 청색의 집을 배경으로, 아름답기 그지없는 선홍색과 정글같이 진한 초록색의 수박을. 위층 프리다의 침실엔 프리-콜럼비안 풍의 유골함이 침대 바로 곁에 놓여 있다. 정원에서 보면 (거의) 그것을 볼 수 있다. 어쩌면 프리다는 그녀의 정원에서 수박을 그리고 있는 아이들을 보고 있을지 모른다. 그리고 아이들이 수박을 먹는 것도. Viva la vida.

무해한 엘더베리

집 바로 옆에 엘더베리 나무 한 그루가 있다. 해마다 이른 봄이면 엘더베리 나무에 웨딩드레스처럼 하늘거리는 하얀 꽃이 피어나길 기다린다. 남편은 꽃에서 땀에 찬 발 냄새가 풍긴다고 말한다. 맞다, 그렇긴 하다. 하지만 엘더베리 꽃은 설탕과 식초에 담가 놓으면 엘더베리 레모네이드가 되고, 심지어 엘더베리 샴페인, 아니면 고급스럽기 그지없는 작은 엘더베리 케이크도 만들 수 있다! 남편은 이 모든 것을 단호히 거부한다. 엘더베리 알레르기가 있다고 믿기 때문이다. 사실 불쌍한 우리 남편은 봄만 되면 내내 재채기를 한다. 그를 사랑한다면 엘더베리 나무를 베어야 마땅하겠지만 남편에 대해서나, 엘더베리 나무에 대해서나 똑같이 애착을 느끼기 때문에 나는 윤리적인 갈등에 빠진다.

다수의 동화나 소설에 엘더베리 나무가 등장한다. 어렸을 때 나는 동화에 흠뻑 빠져 지냈다. 특히 내 마음을 사로잡은 건 그림 형제의 《홀레 아주머니》였다. 홀레 아주머니는 게르만족 수호신인 '홀다'에서 착안한 인물이다. 홀다는 마녀와 사악한 마법사를 쫓기 위해 집 앞이나 동물 우리 앞에 심은 엘더베리 나무에 산다. 그리스로마 사람들은 엘더베리 나무에 선한 정령이 산다고 믿었다. 물론 나의 남편은 아니다. 나는 남편에게 엘더베리에 관한 나쁜 이야기는 하지 않는다. 예수를 배반한 유다가 목을 맨 나무가 엘더베리 나무라는 이유로 '악마의 나무'로도 불린다는 이야기는 꺼내지 않는다. 나는 남편에게 엘더베리 나무는 절대로 베어선 안 된다고 설득한다. 안 그러면 나무 속에 사는 마녀의 피가 흘러나오니까! 남편은 나의 엘더베리 이야기 때문에 서서히 정신이 혼

미해질 지경에 이르렀다. 그래도 나의 이야기는 끝날 줄 몰랐다. 마녀들은 엘더베리 나뭇가지로 변신했다가 되돌아올 수 있다. 그래서 엘더베리 나무로는 절대로 가구를 만들지 않는다. 어떠한 경우에도 엘더베리 나무로 만든 요람에 아기를 눕혀선 안 된다. 안 그러면 홀레 아주머니가 아이를 훔쳐갈지도 모른다.

"아니, 대체 무슨 소리야?" 남편이 재채기를 하면서 물었다. "나는 홀레 아주머니가 좋은 마녀라고 생각하는데?" 나는 남편이 알레르기에 더하여 열감기에 걸리자 세헤라자데•처럼 엘더베리를 위한 시간을 얻을 수 있었다. 내가 남편의 귓전에 대고 엘더베리가 오래된 치료제라고 속삭이는 동안, 남편은 마음이 약해져 순순히 내가 만든 엘더베리 차를 복용했다. 남편은 정말로 금세 호전되었다. 하지만 얼마 안 가 다시 알레르기가 되돌아왔고, 엘더베리는 또다시 죄를 뒤집어썼다.

◦ 천일야화에 등장하는 여자 이야기꾼, 혹은 옛날에 동화를 들려주던 사람

도끼를 찾아봤더니 어디선가 도끼가 나왔다. 엘더베리 나무를 베기 전날 밤, 나무는 꽃을 피웠고 꽃은 유난히 아름다워 보였다. 마지막으로 나는 눈에 띄게 크고 깃털처럼 하얀 꽃 한 줄기를 꺾어 잠든 남편의 베개 밑에 두었다. 휴대폰으로 그 모습을 밤새도록 촬영했다. 그는 깊이 잠들었고, 단 한 번도 재채기를 하지 않았다. 그리고 핏발이 서지 않은 깨끗한 눈으로 잠에서 깼다. "이거 봐, 엘더베리가 아니야!" 나는 피곤에 지치긴 했지만, 의기양양해서 소리쳤다. 정말로 엘더베리 나무를 자르는 일은 뒤로 미뤄졌고, 엘더베리 나무는 그 자리에 그대로 남아 있을 수 있었다. 엘더베리 열매가 익었다. 나는 엘더베리 잼을 만들었고 큰 호응을 얻었다. 그런데도 초봄과 함께 남편에게 재채기가 다시 찾아오자 엘더베리 나무는 또 다시 죄를 뒤집어썼다. 이번에는 그냥 두었다. 누군가는 책임을 져야 하니까.

느슨한 채식주의자를 위하여

나는 내 존재가 딱 필요한 것 이상으로 지구에 부담을 주지 않으려고 노력한다. 그런데 지금도 갈피를 못 잡고 헤매는 중이다. 예를 들어 육류는 일절 먹지 않는다. 정말이다. 얼마 전, 몇백 년 후에는 새로운 탄소 동위 원소 분석을 통해 우리의 뼈를 살펴보면, 평생 우리가 무엇을 먹었는지 밝혀낼 수 있다는 사실을 알게 되었다. 그 데이터에는 무엇을 먹었는지, 그리고 그것을 언제 먹었는지까지 들어 있다고 한다. 나는 내가 먹은 것들이 들통날까 두렵다. 아마도 내 뼛속에선 오이 샐러드와 어린 시절 먹은 다크초콜릿이 아주 많이 검출될 거다. 그리고 통조림

나시고랭(그랬다, 진짜로 나시고랭 통조림이 있었다!)과 20대 때 먹었던 슐렘머필렛[•], 30대에 먹은 바이어른식 레버케제 소시지[••], 돼지구이 그다음엔 아보카도와 연어, 쌀의 양이 점차 늘어날 것이고, 2000년대부터는 납작 완두콩과 깍지째 먹는 콩, 두부, 케일이 점점 더 많은 비중을 차지할 것이다. 알려줘서 고맙다고 뼈 고고학자들에게 기꺼운 마음으로 말하고 싶지만, 어머나! 2019년도 데이터에도 돼지구이와 살라미, 소고기 스테이크, 요구르트, 치즈에다 스테이크 타르타르[•••]까지 찾아낼 걸 생각하니 아찔하다.

내 뼈는 거짓말을 안 한다. 그럼에도 나는 채식하는 친구들 사이에서 당당하게 주장한다. 나도 그들 중 한 명이라고. 다만 이따금 나도 약해질 때가 있다고. 내 영화나 책을 포함한 다른 것에 대한 평과 달

◦ 두껍고 넓은 고급 흰살 생선구이. 120쪽 참조
◦◦ 콘비프, 돼지고기, 베이컨 등을 갈아서 바삭바삭한 갈색 껍질이 생길 때까지 덩어리째 구워서 만든 소시지
◦◦◦ 올리브유, 소금, 후추로 간을 한 소고기에 양파, 마늘, 케이퍼 등의 양념과 달걀노른자를 곁들인 일종의 육회 스테이크

리 나는 한국식 양념돼지구이를 잘한다는 칭찬을 듣는다. 게다가 가끔은 냉장고에서 살라미가 무턱대고 나에게 뛰어들곤 한다. 이럴 땐 나도 어쩔 수 없지 않은가.

뭔가를 깨달았으면 철저하게 바꿔야 하는데, 그게 왜 이렇게 어려운 걸까? 한 사람이 1년간 만들어내는 온실가스가 무려 11톤이라고 한다. 내가 채식주의를 고수하면 적어도 2톤은 줄일 수 있을 거다. 20퍼센트면 엄청난 양이다. 여기서 동물복지와 같은 윤리적 문제는 논외로 하고, 우리가 육류 생산의 실제적 조건에 전혀 관여하지 않는 한 그렇다는 거다. 그뿐만 아니라 축산업은 물 도둑이다. 1킬로그램의 소고기를 얻으려면 16,000리터의 물이 필요하다. 이 부분은 돼지고기가 조금 더 낫다. 이 부분을 들어 내가 만드는 한국식 양념돼지구이에 대한 용서를 구할 수 있을까? 아니면 우리 모두 콩만 먹어서, 종국엔 소와 똑같은 양의 메탄가스를 대기 중에 뿜어대는 것으로? 그리고 무엇보다도 커피의 경우엔 1킬로그램의 커피콩이 나오기까지 19,000리터의 물이 필요하다. 사람 살려! 이 사실을 안 뒤로 나는 함부로 커피를 쏟아버리지 않고, 다음 날 차갑게 식은 커피를 그냥 마신다. 어차피 캡슐 커피는 제아무리 조지 클루니가 광고를 한다고 해도 우리 집엔 얼씬도 못 한다. 청소할 때 진공청소기의 환기 슬릿에서 나오는 바람에 머리카락을 말리기 시작한 이후로 전기도 덜 낭비하고 있다. 나 (정도면) 적어도 최소한의 고기 정도는 먹어도 되지 않을까? 내가 직접 요리하면, 대기오염 물질이라도 적게 배출할 거다. 식품의 가공 온도가 높을수록 생태 균형이 그만큼 더 나빠지니까.

절충안을 하나 내놓겠다. 최고의 인기를 자랑하는 내 양념돼지구이는 특별한 날 상에 올릴 테다. 언제? a) 가족들의 생일에 축하 파티를 할 때, b) 나빠진 생태 균형을 조정하는 차원에서 부엌에서 자전거를 타며, 빵 굽는 오븐을 위해 직접 전기를 생산할 때. 물론 집에 있는 다른 모든 전자제품을 위한 전기까지 함께 생산한다면 그 이상 좋은 것이 없을 테다. 영화와 드라마 스트리밍조차도 아주 많은 에너지를 소모하기 때문이다.

완벽한 브레첼을 찾아서

몇 년 전부터 뮌헨에 — 내가 생각할 때 — 성공적으로 편입한 뮌헨 사람으로서 나는 어떻게 아이를 브레첼 없이 키울 수 있는지 이해할 수가 없다. 이도 거의 나지 않은 입에 아이가 가장 먼저 밀어 넣는 것이 브레첼인데 말이다. 그뿐만 아니라 아이가 손에 쥐기도 좋고 흔들기도 편하며 몇 시간이고 물고 빨고 할 수도 있다. 재빨리 브레첼 하나를 손에 쥐어주면 그 이상 좋은 공갈젖꼭지 대용품이 없고, 제대로 구워낸 맛있는 브레첼보다 더 빨리 아이를 안정시키는 것도 없다.

물론 어떤 종류의 브레첼인가에 달려 있다.

반드시 진짜 바이어른 브레첼이어야만 한다. 겉은 노릇노릇 바삭바삭하고 속은 부드러운 바이어른 브레첼. 바이어른 브레첼은 아주 특정한 방식으로 완성된다. 두 팔은 십자형으로 포개고 있어야 하며 너무 두꺼워서도, 너무 얇아서도 안 된다. 가장 두꺼운 곳은 포동포동한 동자승의 팔뚝을 연상시키며 마치 양손을 어깨에 올리고 기도하는 모습 같기도 하다. 통통한 윗부분은 약간 부풀어 올라 촉촉해야 하고, 반대로 아래 쪽은 바삭거리되, 딱딱해선 안 된다. 그리고 반드시 소다브레첼이어야 한다. 소다브레첼은 밀가루와 효모, 엿기름과 물로만 반죽하여 굽기 직전에 몇 초간 짧게 가성소다액에 담갔다 구운 브레첼이다. 연갈색과 암갈색 사이의 색깔을 띠는 건 괜찮지만, 어떤 경우에도 옅은 노란색이 나면 안 된다. 소금은 반드시 알갱이가 살아 있어야 하지만, 너무 많이 붙어 있어도, 너무 적게 붙어 있어도 안 된다.

아, 이렇게 완벽하고 신선한 브레첼을 찾는 일이 이젠 길고 긴 항해에 버금가는 일이 되어버렸다.

대부분의 제빵사도 자신을 상징할 만한 황금 브레첼을 내세우지 못한 지 이미 오래다. 제빵사들은 아침에 브레첼을 굽는데, 반죽을 브레첼 기계에 밀어 넣기만 하면 된다. 이제는 소시지처럼 반죽을 말고 길게 잡아 늘여 양쪽 끝을 가늘게 만든 다음 공중에 던지며 반죽을 돌려서, 배를 뒤집고 양 팔을 그 위에 단단히 누르는 특별한 꽈배기 기술을 구사하는 사람은 거의 없다. 어쩌다 나무랄 데 없이 완벽한 브레첼을 손에 넣는 것은 아직까지도 나에겐 단연 최고의 행운이다. 이 기쁨과 견줄 수 있는 것은 버터브레첼뿐이다. 오직 바이어른에서만 가능하다. 내 딸도 뮌헨 토박이인 다른 아이들처럼 브레첼을 먹고 컸다.

미국에서 한동안 지낼 때 딸아이는 브레첼을 구경도 못한 채 지내야 했다. 그러던 어느 날 뉴욕 거리의 한 노점에서 'Pretzel'이라고 쓴 글씨를 발견하곤 기뻐서 어쩔 줄 몰랐다. 한 개만 먹겠다며 고집을 부렸다. 아무리 말려도 막무가내였다. 딸아이는 프레첼을 받아 들곤 두 눈을 반짝이며 기쁜 나머지 거의 몸을 떨다시피 했다. 경외심에 가득 찬 채로 크기도 너무 크고, 색도 영 틀린 데다 엉터리로 말아놓은 프레첼을 한입 베어 물더니…… 훌쩍이기 시작했다. 그것은 그저 형편없는 브레첼 모조품일 뿐이었다.

뮌헨에서 지내는 지금조차 나 역시 완벽한 브레첼을 찾는 데 혈안이 되었다. 신선하고 바삭바삭한 브레첼에 대한 이상을 충족시키기는 좀처럼 쉽지 않다. 나는 브레첼과 함께 했던 과거를 그리워한다. 그렇게까지 찬란했던 과거는 아니겠지만, 그 속엔 자동차 좌석 사이, 바지 주머니 혹은 장바구니 안에 숨어서 미라가 된 브레첼 조각들이 들어 있고 아이와 함께 했던 날들과, 다 같이 즐겨 먹던 바이어른식 브레첼에 관한 추억도 있다.

그 많은 송아지는
다 어디로 가는 걸까

여러분의 신경을 건드렸다면 죄송하다. 하지만 우유가 다시 나를 휘몰아대고 있다. 몇 년 전 우리가 시골로 이사 왔을 때, 낙농 농가인 우리 이웃은 약 스무 마리의 젖소를 기르고 있었다. 그중에는 '로지', '베르타', '플로라'라고 불리던 젖소들이 있었다. 저녁에 젖소들이 목초지에서 돌아올 때면, 참 행복해 보였다. 키우는 젖소 한 마리 한 마리를 정확히 알고 있던 그 이웃집 아주머니에게서 우리는 신선한 우유를 받아먹었다. 송아지는 어미 소 곁에서 함께 지냈고 송아지가 크면서 젖이 줄어들면, 어미 소는 휴식기를 가졌다. 당시엔 어미 소가 얼마나 오래 우유를 내지 않는지 궁금하지 않았다. 송아지를 낳았을 때만 암소가 젖을 낸다는 걸 도시에서 나고 자란 나는 알지 못했다.

매일 아침 우유배달차가 오면, 나는 침대 속에서 작게 돌아누우며 농부가 아닌 걸 기뻐했다. 우유 값은 계속 떨어졌고, 낙농업을 포기하는 농부가 점점 더 많아지면서, 소들도 사라졌다. 음메 하고 나직하게 우는 소울음 소리도, 저녁마다 보던 소들의 행렬도, 신선한 우유도 없다. 모락모락 김이 나던 거리의 소똥도. 당시 나는 우유를 넣지 않은 커피나 휘핑크림을 얹지 않은 케이크, 송아지고기가 들어가지 않은 비너 슈니첼은 상상할 수 없었다. 낙농 농부는 절대로 송아지고기를 먹지 않았다. 자주 쓰다듬고, 거칠거칠한 혓바닥으로 내 팔을 핥아 대는 송아지들과 어울려 지내다 보니, 어느새인가 나도 송아지 요리를 단념하게 되었다. 다만 유당불내증에도 불구하고 치즈와 버터, 요구르트는 계속 먹었다.

오늘날 우리가 젖소에 가하는 행동을 보면

너무도 끔찍해서 입맛을 잃고 만다. 우리는 심각하게 부조리한 생산 방식으로 거의 400만 마리의 젖소를 괴롭히고 있다. 젖소는 병들거나 점점 더 생명이 단축되고 있다. 우리가 시골로 이사했던 30년 전만 해도 소 한 마리가 1년에 내어놓는 우유는 대략 2,800 리터였다. 지금은 평균적으로 거의 10,000리터에 달한다. 우리는 소를 더는 살아 있는 생명체가 아니라 기계처럼 다루고 있는 것이다. 이는 거의 모든 농장 동물에 해당될 것이다. 그런데도 나는 우유에 관한 한 오랫동안 죄책감을 느끼지 못했었다. 동물 도축과는 전혀 관련이 없었기 때문이었다.

나는 오래도록 '유기농' 우유를 먹으면서 스스로 위안을 삼았지만, 유기농 우유를 위해서도 암소가 임신 상태를 지속해야 한다는 사실에는 변함이 없다. 암소는 착한 엄마이다. 출산 후 암소는 제 몸을 추스르기보다 새끼에게 줄 젖을 만드는 데 더 많은 에너지를 쏟는다. 그렇기 때문에 지속적으로 우유를 생산하면 암소는 자주 중병에 걸리게 되고, 발톱이 빠지거나 면역저항력이 괴멸되어, 대략 5년 뒤엔 생명을 다하고 만다. 예전의 젖소는 지금에 비해 거의 세 배나 더 오래 살았다. 젖줄이 마르지 않도록 해마다 한 마리의 송아지만 낳았다. 그렇다면 요즘 그 많은 송아지는 전부 어디로 가는 걸까? 현재 송아지는 한 마리에 단돈 9유로밖에 되지 않는다! 우리는 제정신인 걸까? 나는 계속해서 이 행렬에 동참할 것인가?

이제 나는 대체 유제품 진열대 앞에 서 있다. 솔직한 말하면, 대체 유제품은 하나같이 맛이 없다. 하지만 이 제품들에 익숙해져야만 할 거다. 낙농업 농부였던 이웃집 아주머니를 생각하며, 그래도 어느 정도는 행복하게 지냈던 로사와 베르타, 플로라를 생각하며. 그리고 이 암소들이 날마다 초록의 풀을 백설처럼 하얀 우유로 변화시키던 그 기적을 생각하며.

아무튼, 파슬리

나는 화려한 색色을 좋아한다. 다채로울수록 좋다. 그릇 위에서도 마찬가지이다. '음식은 눈으로도 먹는다'라고 한다. 그렇다면 나의 눈은 무엇보다 보색이 빚어내는 예쁜 색의 조합에 이미 먹기 전부터 기뻐하고 있을 거다. 오이와 청색 양파를 곁들인 토마토샐러드, 또는 케일을 곁들인 비트, 민트와 무화과 열매를 곁들인 멜론, 석류와 녹색 채소를 섞은 샐러드처럼 말이다. 으깬 감자와 브라트부어스트, 치킨프리카세•나 쾨니히스베르거 클로프제Königsberger

◦ 닭 안심을 버터에 구워 채소와 함께 스튜로 먹거나 구워 먹는 요리

Klopse[oo]처럼 베이지, 노랑, 갈색 계열의 요리 앞에선 왠지 기분이 처진다. 그래서 나는 파슬리를 흩뿌려 최소한의 색으로라도 음식에 활기를 불어넣고 싶어 손가락이 근질거린다. 어떤 요리도 파슬리 없이 '완성'할 수는 없다. 파슬리는 고대 그리스 시대에 신성한 식물로 간주되었으며, 최음제로 복용하기도 했다. 내가 독신 시절의 남편을 위해 파슬리로 요리했을 때는 이런 상식은 알지도 못했다. 하지만 독자 여러분이 기억하다시피 벌써 20년이 넘도록 유지되고 있는 우리의 푸릇푸릇한 애정 관계는 사실상 파슬리 때문에 시작되었다.

아무튼 파슬리는 비상시에 요리의 생명력을 북돋아 주는 색채의 구원자로 나의 사랑을 듬뿍 받는 재료다. 다채로운 색깔을 그릇 위에 담아내는 것은 시각적일 뿐 아니라, 영양 생리학적으로도 바람직하다는 건 엄연한 사실이다. 엽록소와 라이코펜, 안토시아

oo 대표적인 독일 경단 요리 중 하나. 간 소고기에 청어나 정어리를 섞어 경단을 만들고 그 위에 화이트소스를 얹어내는 요리

닌이 각각 녹색과 붉은색, 푸른색 식품을 만들어내는 것이다. 심지어 무지개 색깔에 따라 재료를 나누어 아침, 점심, 저녁에 걸쳐 섭취하는 무지개 다이어트라는 것도 있다. 아침엔 체리, 바나나, 당근을 먹어 빨강, 노랑, 주황색을 섭취하고 점심엔 샐러드, 감자, 블랙베리를 먹어 초록, 노랑, 파랑을 저녁엔 가지, 적양상추, 황금자두인 미라벨을 먹어 보라, 남색, 황금색을 섭취하는 방식이다. 눈에는 멋지겠지만, 입맛에 있어선 모든 사람의 구미를 맞추기에 한계가 있어 보인다.

원색의 식품은 대체로 부인할 수 없을 정도로 건강에 좋지만, 베이지색은 그렇지 않다. (물론 캄파리-레드부터 볼스-블루를 거쳐 에그리퀘어-옐로우와 압생트-그린까지 예쁜 색깔의 술도 있다. 이쯤 되면 눈이 먼저 마시게 된다.) 주황색 식품은 우울한 분위기를 타파하는데 도움을 주고, 노란색 식품은 주의력을 키우며, 빨간색은 세포의 노화를 막고 산화를 방지하고, 녹색은 근육과 신경에 좋으며, 보라색은 기억력에 도움을 준다. 그리고 흰색은 항균 효과가 있다. '그릇 위의 약방'이 따로 없는 듯하다. 먹기 전에 그림부터 그려야 할 정도로 아름답기도 하다. (사람들이 먹는 것을 먼저 그림으로 그리는 것도 흥미로운 다이어트 아이디어일 것 같다.) 색깔이 전혀 없다면 음식은 그냥 맛이 없을 거다. 색깔이 바뀌어도 마찬가지일 것 같다. 으깬 감자가 파란색으로, 바나나는 빨간색, 파슬리는 주황색이라면?

파슬리가 내 남편과 정확히 무슨 관계가 있느냐고? 오케이. 그럼 여기서 한 번 더 이야기하겠다. 그는 엄청나게 배가 고팠다. 하지만 싱글남 부엌엔 약간의 스파게티와 올리브오일 그리고 말라비틀어진 파슬리 한 단밖에 없었다. 나는 스파게티 면을 삶고 마지막 남은 올리브오일로 파슬리를 볶아서 스파게티 위에 흐트러트렸다. 별거 아닌 요리에, 그는 나를 훌륭한 요리사로 여겼다. 우리는 곧바로 살림을 합쳤다. 20년 전 일이다.

시간이 흐르면서 나는 알았다. 정말로 사랑하는 사람은 이빨 사이에 파슬리가 끼면 항상 그걸 말해준다는 걸. 지금까지도 나의 남편은 그렇게 한다.

풋내기의
호박씨기름 탐험기

집집마다 자기 가족이 아니면 이 세상 그 누구도 좋아하지 않거나 이해할 수 없는 음식이 있다. 예를 들어 딸과 나는 심하게 눌은 쌀누룽지를 좋아한다. 남편네 가족은 호박씨기름을 몹시 즐겨 먹는다. 적어도 그런 것처럼 보인다. 처음으로 남편의 집에 초대를 받아 갔을 때, 그는 나에게 주의를 주었다. 보통 아침부터 기름을 마시는 사람은 거의 없겠지만, 그의 아버지는 아침 식사 때부터 호박씨기름을 마시며, 그의 가족에게는 이 기름이 들어가지 않은 음식은 상상도 할 수 없다는 것이다.

우리는 동화에서 두려움을 이기고자, 혹은

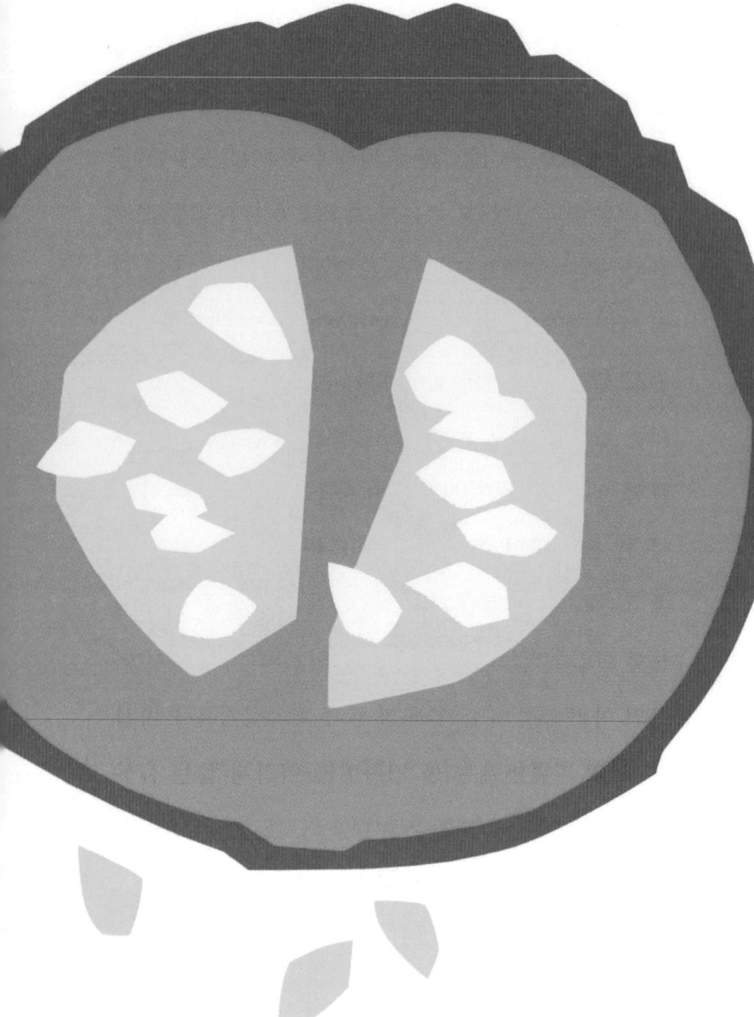

공주를 얻고자 모험을 떠나는 길에 치러야 하는 시험을 알고 있다. 사람들은 풋내기에게 낯설고 아주 불쾌한 음식을 내어놓는다. 도무지 이해할 수 없지만, 그들 자신은 좋아하며 날마다 먹는다는 음식이다. 그들은 고소하다는 듯 웃으며 풋내기 모험가를 빤히 훑어본다. 과연 이 끔찍한 것을 삼키는 데 성공할 것인가? 그걸 해내지 못하면 절대로 원하는 것을 얻을 수 없다. 공주에게서 자전거를 빌리는 것은 물론이고 그녀의 개를 쓰다듬어서도 안 된다.

나는 떨리는 심장을 부여잡고 내 샐러드 위에 넉넉히 둘러놓은 암녹색의 느끼해 보이는 기름을 살펴보았다. 나의 시아버지는 이 기름에 익숙해지는 데 몇 년이 걸렸지만, 지금은 그것 없이는 살 수 없다고 말씀하셨다. 그러니까 그도 한때는 신출내기였던 것이다.

시어머니의 가족은 슈타이어마르크Steiermark•

◦ 오스트리아 동남부의 한 주써

에 뿌리를 두고 있다. 슈타이어마르크는 드넓은 밭에 무게가 최대 10킬로그램이나 되는 녹황색의 호박이 해안선에 떠밀려온 동물처럼 여기저기 널브러져 있는 곳이다. 호박은 씨만 발라내고 갈아엎거나 돼지 사료로 사용한다. 1리터의 호박씨기름을 짜내려면 대략 서른다섯 개의 호박이 필요하다. 호박 한 개에는 1,000개에 이르는 호박씨가 있다. 나는 이 정보를 감사히 받아들였다. 그러나 샐러드에는 여전히 손도 대지 않았다. 다른 사람들이 각자의 샐러드 접시를 깨끗이 비운 지 한참이 지나서야 마침내 두려움을 극복하고 호박씨기름이 묻은 샐러드 잎사귀를 입속으로 밀어 넣었다. 그런데 이게 웬걸? 놀라울 정도로 맛있었다. 신출내기 모험가는 마음이 가벼워졌다. 남편의 가족들은 말없이 나를 살펴보며, 처음에는 내가 감격하는 척 연기하는 거라고 여겼다. 그러나 이후로 남편의 집에 방문할 때마다 이 기름을 선물로 한 병씩 받아오게 되었다. 오리지널 슈타이어마르크산産 호박씨기름을. 아마도 사람들은 이 기름으로 오래된 재봉틀이나 스쿠터, 오토바이, 녹슨 열쇠를 다시 돌아가게 하겠지만, 이 기름은 나도 날아가게 만든다. 호박씨기름 맛은 정말 강렬하다. 다른 것들에 순응하지 않는다. 다시 말해 다른 식재료 사이에 섞여 있어도 그 맛이 사라지지 않는다. 그뿐만 아니라, 다른 식재료의 맛을 더 풍부하게 해주면서 동시에 제맛은 계속 유지한다. 어떤 샐러드든 호박씨기름이 들어가면 맛이 고급스러워진다. 차갑게 잘라낸 구이 요리에도 좋다. 나는 빵에 발라 소금을 뿌려 먹거나 그냥 먹기도 한다.

시누이는 어려서부터 호박씨기름에 단련이 되어 바닐라 아이스크림에 이 기름을 뿌려 먹기도 한다. 나는 아직 그 정도 수준까지는 이르지 못했다. 하지만 언젠가 가족들끼리 호박씨기름 먹기 시합을 열거나 바싹 탄 쌀 누룽지를 먹어야 한다면, 나는 기꺼이 후보로 나설 생각이다.

나베모노와 거실 캠핑

일본에서 겨울을 지내면서 나베모노•를 알게 되었다. 나는 이 음식과 사랑에 빠져버렸다. 나베모노는 굉장히 맛있을 뿐 아니라, 조금이나마 추위를 가시게 하는 데 효과가 있었다. 일본의 주택은 대부분 단열이 잘 안 되어 있고, 중앙난방은 거의 찾아보기 힘들다. 예전엔 식탁 밑에 조그마한 석탄 화로를 넣은 다음 두꺼운 식탁보를 바닥까지 늘어뜨려 덮고 (바닥에 앉는 좌식생활을 하면, 그렇게 어려운 일이 아니다.) 식탁 아래 두 발을 밀어 넣어 어찌어찌 추위를 해결

• 요리용 냄비인 나베에 고기나 생선, 채소 등을 넣어 끓인 상태로 식탁에 제공되는 일본 냄비요리

했다. 그러다 보니 다리가 긴 나는 매번 화로에 발을 데곤 했다. 나에게는 식탁 '위'에 놓는 나베모노용 화로가 훨씬 더 좋았다. 나베모노용 화로는 화로가 아니라 캠핑용 가스버너이다. 도쿄의 32층 꼭대기에서나, 웃풍 센 시골집에서나 곧바로 모닥불 분위기를 만들어주는 캠핑용 버너. 버너 없이는 나베모노도 없다.

'나베'는 냄비를, '모노'는 사물을 뜻한다. 나베에 들어가는 모노는 다양하다. 원리상으로만 보자면 한때 유행했던 퐁듀와 비슷하다. 퐁듀 요리도 구리냄비와 색깔이 표시된 포크가 있었다. 혹시라도 잘못 보고 옆 사람의 고기를 먹지 않도록 말이다. 나베모노 냄비는 유약을 바른 유기냄비인데 종종 박물관에 전시된 고대유물처럼 아름다운 것들을 볼 수 있다. 레시피는 아주 다양하고 무한하다. 다시마와 말린 참치(가츠오부시)로 우려낸 다시 육수에 살코기와 생선을 넣어서 끓인다. 닭고기를 갈아 만든 고기 경단과 두부는 물론이고, 겨울에 나는 채소도 즐겨 넣는다. 홋카이도 지역에선 감자, 당근, 배추 그리고 표고버섯을, 도호쿠에선 파슬리와 양파를, 간토에선 당근과 호박을 넣는다. 뮌헨에선 흰 양배추와 배추, 그리고 우리 집 냉장고에서 찾아낸 것을 전부 다 넣는다.

나베모노를 떠올릴 때 가장 놀라운 것은 작고 값진 진미를 들고 몰려오는 나의 일본 친구들이다. 한 명은 최근 일본에 다녀오면서 유자를 가져왔고, 다른 한 명은 자기네 집 정원에서 은행 열매를 모아서 볶아 왔다. 또 다른 친구는 신선한 와사비 뿌리와 그에 맞는 정식 강판을 가져왔고, 또 한 명의 친구는 고기에 찍어 먹을 참깨소스 고마다레를 만든다. 나는 매번 재료를 준비하는 친구들의 모습을 홀린 듯이 바라본다. 이들은 절대 서두르거나 대충하는 일이 없다. 몸과 마음을 재료에 집중한다. 커다란 접시 위에 나베 재료를 더없이 아름답게 장식한다. 그리고 냄비 담당으로 뽑힌 친구—매번 같은 친구가 냄비 담당으로 뽑힌다—가 기다란 젓가락으로 재료를 육수에 담가 익힌 다음 한 명씩 나눠준다. 친구들은 아주

소량을 집어 입에 넣고는 오래, 아주 오래 먹는다.

일본어로 '나베 오 가고무'라는 말이 있는데, 냄비 주위에 둘러앉는다는 말이다. 이것은 우정을 축하하고 견고히 하는 것뿐만 아니라, 갈등을 해결하는 데에도 효과적인 방법이다. "자, 잠깐 냄비 주위에 둘러앉아 봅시다." 이것이 내가 생각하는 최고의 나베모노 레시피이다. 처음 대화는 음식처럼 빠르고 흥분한 상태로 진행된다. 그 후 속도는 점점 느려지고 결국 평온한 상태에 이른다. 나베모노도 그렇다. 마지막으로 육수에 면을 넣을 땐, 기분 좋은 한숨을 몰아쉰다. 배는 부르고 사방이 따뜻하다. 나는 이럴 줄 알고 미리 중앙난방 온도를 내려놓았다.

석류와 평화

석류와 친해지기까지는 오랜 시간이 걸렸다. 무엇보다도 어떻게 석류 씨앗을 빼내야 할지 전혀 몰랐기 때문이다. 나 자신은 물론이고 부엌이 한바탕 전쟁이라도 치른 것처럼 엉망이 되었다. 나는 한없이 앉아서, 영롱하고 아름다운 루비색 석류 씨앗을 한 개씩 후벼 파거나, 석류 껍질을 벗겨 바깥쪽의 씨앗부터 손에 넣으려 하기도 했다. 온갖 방식으로 잘라 보기도 했는데, 어김없이 이어지는 얼룩 제거 과정을 통해 석류즙이 고대로부터 양탄자 염료로 이용된 이유를 잘 이해하게 되었다.

씨를 발라내기가 힘들어질수록 나는 석류가

더 쓰고 싶어졌다. 갑자기 석류가 온갖 요리에 등장했기 때문이다. 샐러드에, 채소 요리에, 고기에, 후식과 케이크에도 석류가 등장하지 않는 요리가 없었다. 그리고 부엌마다 오토렝기의 요리책이 꽂히게 된 뒤로는 석류가 없으면 그 어떤 요리도 완성되지 않았다. 아마 낙원에서 이브가 몰래 먹었던 것도 석류였을지 모른다. 위도상 우리 지역으로 오면서 낙원의 사과, 빨간 사과로 개작되었을 것이다.

이로부터 '죄의 열매'인 석류는 오늘날까지 사과가 되어, 아담과 이브의 기념일인 12월 24일에 크리스마스 장식품으로 크리스마스트리에 매달려 있게 되었다. 정말이냐고? 나도 모른다. 이브가 어떻게 그 과일에서 씨를 발라냈는지도 정말 모르겠다. 아무튼 이브가 완전히 벌거벗고 있었던 건(이후 아담과 이브는 무화과 잎으로 부끄러운 신체 부위를 가려야 했는데, 아담의 경우엔 상당히 호기로웠을 것이다. 무화과 잎사귀가 얼마나 큰가) 얼룩 제거에 실용적이었을 것 같다.

파리스가 헤라, 아프로디테, 아테네 이 세 여

신 가운데 가장 아름다운 여신에게 건네었던 사과 역시 황금을 입히긴 했지만 석류였을 거다. 황금을 입혔기 때문에 씨를 발라야 한다는 문제는 없앴지만, 그래도 이 황금 석류는 엄청난 노여움을 불러오고 말았다. 이야기에서 마음에 드는 점은 파리스는 정작 이 세 여인에게서 아무것도 원하지 않았는데, 제우스가 그리스의 톱모델 쇼를 그에게 떠맡기어 아테네와 헤라에게 이렇게 말하게 한 것이다. "오늘은 당신에게 줄 석류가 없소……."

결국 나는 모든 것을 알고 있는 인터넷 세계에서 답을 구하고자 했다. '석류는 어떻게 먹나요?' 내지 '석류 먹는 방법은?' 등등. 역시 온갖 정보가 다 있는 인터넷은 어떻게 해야 석류를 우아하고 깨끗하게 먹을 수 있는지, 석류를 깰 때 어떻게 하면 한 방울의 즙도 흘리지 않고 먹을 수 있는지 상세히 알려주었다. 그럼 이번에는 인터넷에서 알려주지 않는 나만의 이야기를 들어주겠다.

최근 들어서 나는 화나는 일이 있으면 요리

용 나무스푼으로 무장한다. 그다음 싱크대 개수대에 쟁반을 넣고, 그 위에 반으로 자른 석류 한 쪽을 올려 두고는 마구 두드려 깨부순다. 나를 짜증 나게 하거나 머리끝까지 화나게 하는 사람들을 떠올리면서. 예를 들어 기후변화의 심각성을 속이거나, 나의 영화에 관한 다분히 악의적인 비방을 늘어놓거나, 글리포세이트 살충제°를 계속 인가하거나, 일반 쓰레기를 종이 쓰레기 수거함에 넣거나, 브렉시트Brexit°°를 찬성하거나, 자전거를 탄 나를 차로 밀쳐 바닥에 꼬꾸라지게 만든다거나…… 나를 거의 터지기 일보직전으로 몰아가는 모든 사람. 나는 그들 모두를 흠씬 두들겨 패고, 힘닿는 대로 마구 깨부순다. 그런 다음 나의 석류를 먹는다. 한 알, 한 알씩, 지극히 평화롭게. 내 하얀 조끼에 단 한 방울의 피 얼룩도 묻히지 않고.

° 선택성 제초제와 달리 잡초며 여타 식물까지 무작위로 죽이는 비선택성제초제 혹은 살충제로서 독성화학물질이다.

°° 영국의 유럽연합 탈퇴를 뜻하는 말

지금 우리에게 필요한

아주 약간의 우아함

내가 식탁 예절에 예민하게 굴다니 참 별일이다. 최근 들어 나는 식탁에 같이 앉은 사람들이 테이블을 가로질러 비스듬히 기대어 있거나, 거리낌없이 마구 음식을 먹거나, 접시 앞에 팔을 올려놓고 있거나, 주먹 쥐듯 포크를 잡거나, 음식 바로 곁에 휴대폰을 두는 걸 보면 점점 더 격하게 반응한다. 무엇 때문에 내가 그렇게 격분하느냐고? 사실 우아하거나 기품 있는 행동까지는 기대하지 않는다. 나를 불쾌하게 하는 건 음식과 음식을 먹고 마시는 과정에 대한 경시이다. 그런 이들은 무엇을 퍼먹는지 전혀 관심이 없는 것처럼 보인다. 하지만 우리가 뭔가 다른 것에 몰두하는 동안에도 음식은 언제나 성실히 그 맛을 낸다. 물론, 혼자 하는 식사는 건 상당히 지루할 수 있다. 거기서 예절을 갖추는 것 역시 힘든 일일 거다. 휴대폰이나 신문이 없었다면 우유팩이나 시리얼팩에 적힌 허황된 문구를 하염없이 들여다보지 않을 사람이 있을까. '특별히 당신을 위해 신선한 건초를 먹인 젖소에게서 짜낸 건초 우유Heumilch*입니다'. 요즘 같은 때 진짜로? '신선한 맛을 즐기세요!' 혼자서 어떻게 맛을 즐겨요?

이제 혼자 식사하는 것에도 지루함과는 전혀 다른 가능성이 열렸다. 한국에선 젊은이들이 식탁에서 혼자 밥을 먹으면서 그것을 영상으로 내보내는 것으로 인기를 얻고 있다. 그들은 혼자서 엄청난 양의 음식을 먹고, 그것을 유튜브에 올리는 것 이외엔 아무것도 하지 않는다. 기발하지 않은가? 이 트렌드를 일컬어 '먹방'이라고 한다. 혼자 밥을 먹는 먹방 동지

* 청정 녹지대에서 나오는 풀, 곡물, 건초 등을 먹인 소에게서 짜낸 우유의 한 종류

들이 유튜버의 영상을 지켜본다. 먹방에선 식탁 예절은 완전히 포기한다. 아마도 먹방 시청자들도 마찬가지일 거다.

식탁에서 팔꿈치를 떼라. 똑바로 앉거라. 먹는 걸로 장난치지 마라. 천천히 먹어라. 꼭꼭 씹어 먹어라. 접시에 너무 많이 담지 마라. 모두 식탁에 앉을 때까지 기다려라. 첫 번째로 음식을 덜지 마라. 두 손은 식탁 위에 둬야 한다…… 나는 어렸을 때부터 지금까지 이런 훈계를 듣고 산다. 나는 이런 말들을 짐스럽게 여겼고, 늘 굶주린 늑대처럼 배고파하며, 아무런 저지도 받지 않고 바로 음식에 달려들어 허겁지겁 먹으려 했다. 하지만 훈계가 끊임없이 반복되면서 나는 식사란 정해진 규칙을 갖춘 의식임을 깨달았다. 규칙적으로 모여 식사할 일이 적어진 지금의 상황에서 이런 규칙을 유지하기 어렵다는 건 인정한다. 하지만 음식을 먹는 과정에 담긴 의식을 인식하지 못한다면, 우리는 뭔가 아주 중요한 것을 잃어버리게 되는 것이 아닐까?

자기 앞에 놓인 그릇 위에 음식이 담기기까지 얼마나 많은 사람과 동물, 식물의 수고와 협력, 희생이 있었는지 식사 때마다 들려주지 않는다면, 우리는 세상과 단절되어 뿔뿔이 흩어지게 될 거라고 나는 믿는다. 그래서 이제 나는 정말로 식탁에서 팔을 떼고 내 안에 있는 아주 약간의 우아함을 찾아 꺼내어 놓고, 음식을 가득 채운 접시를 앞에 두고 절을 할 수도 있을 것 같다. 물론 아주 잠깐. 그렇지 않으면 유별나게 보일 수도 있으니까.

효모가

우리 일상에 거는 주문

이 책이 발간될 때쯤 상황이 어떻게 변해있을지 전혀 모르겠다. 적절한 이유를 대지 않고도 문밖으로 다시 나설 수 있게 될까? 상점들은 다시 문을 열었을까? 식당은? 극장과 영화관, 오페라하우스는? 그리고 다시 효모를 살 수 있을까? 코로나 상황이 장기화되면서 효모는 갑작스럽게 인기 상품이 되었다. 순식간에 효모가 동날 정도로 많은 사람이 빵 굽기에 열을 올렸다. 빵을 굽는 일이 우리 일상에 아무 일도 일어나지 않을 거라는 간절한 바람을 담은 주문이 된 것 같았다. 마치 살아 있는 이 작은 균류가 우리의 일상을 지켜주기라도 할 것처럼.

실제로 예전에 방안을 휘돌던 살짝 달큰한 효모 냄새는 따뜻하고 아늑한 약속처럼 곧바로 마음을 안정시키는 효과가 있긴 했다. 어머니가 해주시던 츠베츠게 케이크°와 따뜻한 우유에 담가 먹던 꽈배기 식빵, 건포도 브리첸이 생각난다. 또 막 빚어낸 반죽을 집어 먹고 나면, 바이쓰비어의 기포처럼 가볍게 트림이 올라오던 것도. 효모는 늘 신비로웠다.

나는 효모가 너무 뜨겁거나 너무 차가운 온도를 좋아하지 않는다는 걸, 소금은 효모를 죽인다는 것도 배웠다. 효모 반죽을 부풀게 하려면 온도가 일정해야 한다. 절대 건들지 말고 무조건 가만히 두어야 한다. 어떤 경우에도 반죽을 덮어둔 수건을 들춰 반죽 그릇 안을 들여다보는 건 안 된다. 반죽이 부풀어 오르는 과정은 마치 아주 사적인 활동처럼 보였다. 반죽이 두 배로 자라날 때까지, 성경에 나오는 기적처럼 이 기적을 완성하려면 누구도 그 모습을 보아

° 하이쿠와 자두 케이크 편, 197쪽 참조

서는 안 되는 것 같았다. 또한 그 예민한 생명력으로 인해 동화 《달콤한 죽》°의 죽처럼 계속 자랄지 어떨지는 아무도 알 수 없었다.

10대 땐 효모 반죽을 저어 묽은 죽처럼 만든 다음 얼굴에 펴 바르면, 여드름에서 벗어날 수 있었다. 튜브에 든 갈색의 효모 페이스트는 비타민이 풍부하기 때문에 빵에 발라 먹었다. 냉장고엔 언제나 주사위처럼 생긴 작은 효모 덩어리들이 있었다. 어느 순간 이 덩어리가 다 마르고 나면, 사용하기 편한 건조 효모를 떼어낼 수 있었다.

미국에 있을 때 나는 슈퍼마켓에서 효모를 찾다가 빈손으로 돌아오곤 했다. 미국에선 이스트를 미리 밀가루에 섞어서 판다. 나로선 용납할 수 없는

° 그림 형제의 동화. 엄마와 함께 음식을 구걸하며 살던 소녀가 한 할머니에게서 요술냄비를 얻은 뒤로 배고프지 않게 살게 되었다. 어느 날 딸이 집을 비운 사이 엄마가 "냄비야, 요리해라"라고 주문을 외워 냄비가 죽을 끓이기 시작하였으나, 멈추게 하는 주문을 몰랐기 때문에 온 마을이 죽 밑에 깔리고 만다. 돌아온 딸이 "냄비야, 멈춰라"라고 주문을 외자 요리가 멈춘다.

일이다. 가루를 섞는 과정에도 마법적인 면이 있기 때문이다. 효모에는 미지근한 물을 넣어야 하는데, 분유를 탈 때처럼 손목 안쪽에 물을 떨어뜨려 온도를 테스트한다. 설탕이나 꿀을 약간만 넣어주면 겨울잠에서 깨어난 작은 동물처럼 효모도 깨어난다. 그렇게 하고 나면 맹렬하게 부풀어 오르거나, 아니면 일하길 거부한 채 부루퉁하고 차진 모습으로 반죽 그릇에 쪼그리고 앉아 있다.

'당신이 반죽을 빚는 것이 아니라, 반죽이 당신을 빚는 것이다.' 한 선사禪寺의 부엌에 쓰여 있던 말이다. 반죽은 현재의 당신이 어떤 상태인지 그대로 보여준다. 인내심이 없는지, 매사에 정확한지, 산만하거나 집중하지 못하는 건 아닌지. 예쁘게 부풀린 효모 반죽이란 찬사와 같은 것이다.

최근 어머니가 전후 사회에 효모가 다시 등장했을 때 그것이 어떤 의미를 지녔었는지 들려주셨다. 그 냄새, 달콤하고 따뜻한 케이크가 나오리라는 약속, 그 아늑한 희열! 사람들이 코로나19라는 전 세계적인 '공황기'를 맞아 효모에 몰려드는 건 전혀 이상할 일이 아니다. 효모는 살아 있고, 이토록 멋지게 우리에게 위안을 주니까.

옮긴이 함미라

—

동덕여자대학교와 서강대학교 대학원에서 독어독문학을 전공하고 대학에서 강의를 했습니다. 독일에서 방송 활동과 더불어 재외동포교육기관에서 일했으며, 지금은 번역 및 외서 기획을 하고 있습니다. 옮긴 책으로는《핵폭발 뒤 최후의 아이들》,《젊은 베르테르의 슬픔》,《이토록 달콤한 재앙》,《'좋아요'를 눌러줘!》,《코끼리는 보이지 않아》,《모네, 순간을 그린 화가들》,《레크리스:거울 저편의 세계》 등 40여 권이 있습니다.

미각의 번역

요리가 주는 영감에 관하여

1판 1쇄 인쇄 2021년 8월 18일
1판 1쇄 발행 2021년 8월 31일

글쓴이 도리스 되리
옮긴이 함미라
펴낸이 김성구

주간 이동은
책임편집 현미나
콘텐츠본부 고혁 송은하 김초록 이슬
디자인 이영민
제작 신태섭
마케팅본부 최윤호 송영우 엄성윤 윤다영

펴낸곳 (주)샘터사
등록 2001년 10월 15일 제1-2923호
주소 서울시 종로구 창경궁로35길 26 2층 (03076)
전화 02-763-8965(콘텐츠본부) 02-763-8966(마케팅본부)
팩스 02-3672-1873 | 이메일 book@isamtoh.com | 홈페이지 www.isamtoh.com

ISBN 978-89-464-2187-5 03850

• 값은 뒤표지에 있습니다.
• 잘못 만들어진 책은 구입처에서 교환해드립니다.

샘터 1% 나눔실천

샘터는 모든 책 인세의 1%를 '샘물통장' 기금으로 조성하여 매년 소외된 이웃에게 기부하고 있습니다. 2020년까지 약 9,000만 원을 기부하였으며, 앞으로도 샘터는 책을 통해 1% 나눔실천을 계속할 것입니다.